米米七月倾情力荐，"80后"青春祭文小说

俯仰之间

蒋离子○著

朝華出版社

自序

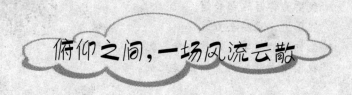
俯仰之间,一场风流云散

1

她在车站门口等他乘坐的夜班车,有个男人过来问她价钱,她让男人估价,男人说她不够专业。

她问:"免费怎么样?"男人逃得有些仓皇。

她打算把这当笑话讲给他听,后来没能等到他。

嫖客不要免费的妓女,他不要谦卑的她。

遇到他之前她一心求死,遇到他之后她一心求他。他是她的救世主。

能拯救世界的人必然能毁灭世界。

这好比她跌落枯井,过路的他垂给她一根绳子,拉到三分之二,他忽然放弃了对她的营救。

他看不惯她哀求的姿态,怕救上来一个要纠缠自己一生的女人。

2

所以，我有两件事情不会去做，等你和求你。一分一秒都不等，一丝一毫都不求。我不是因你而生，也不会因你而死。

你出现在我最晦涩的岁月里，暗涌沦陷着我的柔情和光华，我也不知拿出什么来款待你，然而我刻薄我的谄媚。

我要为你写这部长篇。

我尽力，竭尽全力。

给你我的文字，这是你惟一纪念我的东西。

我们承受着生离，惧怕过死别。

3

还有那跋过的山，涉过的水，看过的电影，读过的文字，相识过的男女，交碰过的杯盏，这些是我们共同的财富。

拥有的太丰盛了，忽视了我们那时候的身份——两个贫瘠的少年，各自手里摇晃着一张通往远方的车票。一张往东，一张往西，谁都不肯妥协，连丰盛的财富也忘了去平分。

若真的要分，也不知如何公平？能分的只是我们拉着的手和将被剪断的羊毛围巾。

稍一低头，我的泪翻滚而出，再一转身，你的臂膀环住了我。车轮滚动时暮色苍茫，年少的我们终究忘记了告别。

你口袋里我的照片，定格着我 19 岁的容颜。我手中你咬了一口的香蕉，余留着你唇齿的清香。

4

正午时分的山林公园里，树木之间的细绳上挂了许多褪色的彩旗和两只你的白袜子。你说："一只破了洞的袜子株连了完好无缺的那只，真可惜。"

你坐在石凳上换了新袜子，鲜艳的湛蓝色，还顽皮地伸出双脚逗我发笑。我背过脸不去理会你的讨好，一眼望下山去，是整个城市的华丽。

你站在我身后，把头靠在我肩膀。然后我们互相提醒——到点了，去车站。

走了不远我们转头去看，你抛弃的那双白袜子在风中纠结，完好无缺地原谅了残破的，左脚那只宽恕了右脚那只。

偏是美满的年少不肯原谅缺憾的成长，偏是美满的相恋不肯宽恕缺憾的离别。

凭什么年少成了美丽的错误，而又是为什么我们没耐性来等待？

5

别在我离开之前离开你，这是我们的誓言。没有人违背，只因我们都违背了。

在我们的记忆里，一个是生病的软弱的男人，一个是活力四射的顽固的女人。怀念他，在我心里最柔软的地方，我给他留着位置。我要告诉他，好好的，我们都好好的。你当时在我身边，用你的脸，俊美的脸为我们的分别履行一种仪式。

我一转脸，我们的嘴唇碰到了一起，接吻，吻得热烈又缠绵。你终于要上车，在上车的刹那，我们忽然旁若无人地拥抱，再一次接吻。

我流出温热的泪水，那是我最爱的男人，最不应该爱的毒药一样的男人。再见，或者再不见。

俯仰之间，一场风流云散！

目 录

CONTENTES

引子

　　故事从一个叫天线宝宝的红色玩偶说起，你曾亲切地叫它"小抛"，现在它在我随身的旅行包里。那个叫郑小卒的少年是我，那个叫柳斋的少女是你。你给了我头尾足足有 6 年的爱，从你 14 岁到你 19 岁。如果可以，你会继续给我许多爱，直到把我呼唤到你身边。而我，准备花费剩下的生命来呼唤你。尽管我知道，一切的声嘶力竭都是徒劳。只有通过文字来缅怀我们失却的青春，它们组合成了我送给你的一篇祭文，祭奠你，祭奠我们共同的年华。

　　我知道的是，若我众叛亲离，只有你还笼络我，你巴不得我众叛亲离；而你不知道的是，若你千夫所指，只有我还袒护你，我见不得你千夫所指。

　　柳斋，请允许我叫你一声"青春爱人"！

1

讲这个故事之前，我想让你们知道我是怎样一个人，这很重要。你们有时候在街道上闲走，有没有看到一些穿着破烂牛仔裤和廉价 T 恤（脚上也许是 50 块钱一双的假冒耐克），偏长头发，手里拿着劣质烟的年轻人？肯定是看到过的。那么你们一定见到过我，因为我就是这些年轻人里的一员。我们是小痞子，用上海话可以叫"小瘪三"，用土气点的话叫"小混混"，而我们管自己叫"古惑仔"，是从香港电影里学来的。我们自然不可能来自某个富贵之家，富贵人家的孩子没有那么犯贱去穿假名牌，去抽劣质烟。他们的牛仔裤如果破了，那是裤子的设计就是如此，我们的裤子破了，就是真的破了。

我们这些人也不愿意这样，谁喜欢这样呢？不喜欢。但是奇怪的是，偏有人要这样，她就是这个故事的女主角柳斋，我遇到的最犯贱的家伙。后来想想，也就不足为奇了，有听说过百万富翁的女儿要去卖淫的，或者犯贱会成为一种时尚。有个伟大的人说过，在咱们这个时代，没有什么是不可能的。想想也是，咱们真幸运，能碰到这样的时代。所以当个混混，我也觉得光荣。

2

有兴趣知道我这个混混出生在什么样的家庭里吗？我可不想提，可这又不得不提，我不是石头缝里蹦出来的，我也是爹生娘养的。

这是一个我想起来都要呕吐的家，而我们都没有权利来选择出生在哪个家庭。我身边的女人，几乎都长着婊子的模样，有的还真的就是婊子。包括我妈，我三姐，我两个嫂子。婊子和混混，倒也和谐。

我爸是修自行车的，还是个残疾人，我妈是擦皮鞋兼职修鞋子的，都是劳动阶级，他们喜欢人家说他们是手艺人。总的来说，我还算是出生在一个手艺人家庭里。

我妈年老时才去学的擦皮鞋，玩上了师生恋。她自以为是被恋被爱，其实是被玩被弄。在肉体和精神的双重损失后，还搭上了300元学费，据说是打了折的，她还买过一条中档香烟送师傅——那满嘴黄牙的糟老头，够我爸买五条劣质烟的。

她挨了我爸数顿猛抽，受儿女频频冷眼，糟儿媳辱骂唾弃，连两个孙子也拿玩具枪要击毙不要脸的奶奶。

这是她嫁给我爸之后的人生又一重挫，两挫就挫得她老态毕露，白发丛生。出生在这穷巷子，又嫁给一个穷小子，而且没有

远见地为那小子狂生孩子，生了一个又一个，凑成了一桌麻将。但四个子女从没有一起玩过麻将，玩不起！

　　张嘴吃饭时，四人都能边把饭吞进去边把脏话吐出来，动不动挥拳头扔碗筷。若打起麻将来，是有输赢的，输的难免眼红赢的，只消几句恶语，桌子一掀，还麻将，简直麻烦！

3

品种这东西真是难讲，一对老实巴交没见过世面的夫妻，丈夫年轻时的理想是开拖拉机，跟人学这门技术的时候断了左腿，以后就对酒产生了兴趣；妻子也就是偶尔出轨一次，追求了那高尚的爱情。可他们却生出了这样的四个小杂种。

我大哥说话从来有如雷轰，性格暴躁，把杀猪刀当防身武器，谁惹他就扬言砍谁。他最崇拜的是刘德华，把一首《忘情水》吼成了信天游。

他老婆是他师傅的女儿，师兄师妹的很容易擦出火花，重要的是他们志同道合，都想尽量为猪减轻痛苦：刀出猪亡，例无虚发。他师傅有言，屠夫的成败在于刀的好坏。于是他和老婆在实现理想的过程中养成了日日磨刀的习惯，习惯成了爱好。

结婚后，爱好竟然变成了互相威胁的信号。只要一人发怒了去磨刀，另一人就拿把更大的去磨。"霍霍"声惊动了一家人，冒着冷汗陪他们紧张，比看武侠片都累。

谁也没被砍死，倒殃及了他们未出世的孩子。大嫂最冲动的一次割了自己一撮头发，效仿白娘子诀别许仙。"许仙"骑自行车去她娘家接她，被晋级为老丈人的恩师灌醉了，在带她回婆家的路上晕乎乎地摔进臭水沟里。两人合伙误杀了"白娘子"腹中的"准状元"，血光四溅。

大嫂说："那血比死猪都流的多。"

她又怀孕时，连上个厕所我妈都跟着，说是怕儿媳妇摔到粪坑里，那这个孙子就夭折得更冤枉了。

4

家中一面板壁上贴着的陈年奖状被岁月熏得蜡黄，它们全是颁发给读书时代的二哥的。他不舍得撕，准备用来鼓励儿子，还可以鼓励孙子。历经数代它们就成了古董，但事先要立好祖训，不到危难关头决不变卖这些古董。它们极有可能成就一个伟大的家族，乃无价之宝也。

二哥豪情天纵，才情天妒。他念初中的时候，成绩相当好，我妈还证明那时他长得比现在像好人。一双慧眼葬送在教科书和杂书里，戴上眼镜后拣了个钢笔帽插在上衣口袋，很有型。他从不轻易与俗人交谈，不知有多少爱慕才子的少女恨透了他的清高。

他写过很多文章，把文学四大类写了个遍，篇篇都能发表，发表在学校操场的大黑板报上。一个长 10 米宽 5 米面积 50 平米的黑板报他就独占了 40 平米，和他现在买的房子一般大。

我妈立马背叛了他，说道："那完全是老师们折腾他，欺负他老实。再说那黑板报空着也是空着，学校贴个布告什么的十来平米就够了。一次他还哭着要钱去买粉笔，老师说他一个星期费一盒粉笔，不爱惜公物，不给发奖状了。"

他老婆乐不可支地扑倒在我妈怀里，说道："我的亲老公呦，人家自费出书，你自费出黑板报，前无古人，后无来者呀！"我妈替她抚背顺气，担心她笑岔了气，又要流失一个孙子。

二哥难得见到这世上他最爱的两个女人如此和睦，便低头沉思了片刻，想不到就构思出一部讴歌母性至上的大作了，题目暂为《妈妈养过我，我养着妻子》。

他老婆意见很大，一定要改成《妈妈养过我，妻子养着我》。

我妈更高明，提议改成《妻子养着我，我养着妈妈》。

二嫂哑然失笑。

初中毕业后，他的文章再也无处发表。艺高胆大的他，凭借几杯浓茶，几刀草纸，几根烂笔，当了专职"坐"家。只苦于没有钱买烟，光为了那几刀草纸就挨了我爸骂，说他吃得多拉得更多，屁眼比碗口还大。我妈护儿心切，及时减少了他的食品摄入量，就差没检查他的屁眼了。

他忍辱挨饿，笔耕不缀，四处投稿，投得太有力度了，一投就没了音信。

我问他是否用草纸写好就直接投了去，他说是抄在方格纸上的。他怎么会有钱买方格纸，肯定是在草纸上自己画了小方格，真是难为了他。

5

我爸残疾后丧失了工作能力，领导体恤他，允许他某个儿子代他的班。二哥就这样进了化工厂，为了这个家，结束了专职"坐"家生涯，导致了家里草纸使用量的急剧下降。

他向上级要求成立本厂的宣传小组，他可勉为其难担任组长一职，上任后准备烧的第一把火是在厂门口的黑板报上登他的大作，借以陶冶全厂职工的性情。

上级说已经有工宣办了，暂时不打算成立什么宣传小组，但黑板报可以归他管。他一下班就在黑板报上抄通知，抄指示，抄文件，自己的文章却无落脚之地。只是国庆节的时候在黑板报最显眼处写了"喜迎国庆"四个斗大的字，拿粉笔涂成大红，终于展示了一下他的文采。

领导表扬了他："好，很好！"他谦虚低头的时候，领导又赞叹："好，这红色用得真他娘喜庆！"

他自诩"文学青年"、"文化人"。在他疯狂写作去追赶文化的时候，文化什么也没有给他；当他拼了命糟蹋文化产物，从事盗版行业时，文化却给他带来金钱和成就感，帮他走出了民生巷。盗版行业的同仁蔑视文化，他对文化心怀敬重；文化界的"同仁"打击盗版，他则忧心忡忡。

后来一部《无间道》让

他感叹，非说自己和男主角很相像。

大哥警告他："你说自己像梁朝伟也就罢了，千万不要说自己像刘德华，你小子太糟践人了。我怎么看怎么觉得你像减肥后又害了近视眼的曾志伟。"

二哥沉重地说："我是指遭遇，你懂吗？那种相似的处境，你懂吗？"

他还总讲："搞什么都难，搞文化市场更难。"不愧为一代文豪，一个"搞"字模棱两可，不知情者还以为他要把文化市场搞得秩序井然，忍不住要佩服他的强烈使命感，殊不知他的工作是在搞垮文化市场。

他找老婆的标准和大哥的如出一辙，讲究有共同理想。比大哥有改进的是，二哥是按 A 片女主角的三围来作为基本条件的。符合了基本条件，再谈理想，不然，免谈。

事实证明他是成功的，二嫂果然够妩媚，够性感，够上镜。她很快就成了二哥事业上的二把手，不多久二哥就成了她的二把手。

后来，他们终于买了房子，不宽敞，但总算搬出了民生巷。

80后青春祭文小说

6

他们乔迁之日在饭店摆了几桌，夫妻俩穿得很风光，大嫂戏称他们男才女貌，醉醺醺的大哥大笑起来，因喝醉酒发生事故后，他已经多年没有痛饮了，他指正着："什么男才女貌，我看是男盗女娼！男的做盗版，女的做娼妓！"

二嫂相当沉着，拽着二哥不让他冲动，她说得不紧不慢："大嫂啊，你先扶大哥回去休息吧，醉得可不轻哟！别又出点什么事情，让你血流成河啊！哦，我忘记了，他已经结扎了，绝育了！是不要再生了，两个就够你们养活了！养不起就跟我们打个招呼，大不了我不养宠物养你儿子啊！"

大嫂拍着大腿气得不轻，叫嚣着："我们是没有见过大场面的粗人啊，半辈子宰宰杀杀的，一双手都是猪血猪油的，哪里懂得说话啊。但我们耳朵还听得清楚，你们是嫌我们丢脸了，赶我们走了！不就是买了40平米，糊点花墙纸弄个窝吗？不就是在这小菜馆里摆了个三五桌吗？"

我爸拿拐杖敲桌子，叫他们不要闹。没有人听他的，大哥和二哥已经打了起来。两个女人的裙子一个比一个短，怕打起来春光泄露，只好在旁边起哄助威。

我妈自从婚外恋事件后，根本就说不上话。

三姐上去拉，嘴里说着："你们都是当爹的人了，怎么还那么不懂事？什么不能坐下来好好说，非要弄的丢人现眼啊！"

他们真的停下来了，都泛着冷笑。

大哥说："咱们家最丢人现眼、最伤风败俗的除了你还能有谁啊？这里轮得到你说话吗？"

二哥不说什么，摆着手让她走开。

两个嫂子见缝插针，大嫂鄙夷地说："三妹，回你的美发屋吧，你可比我们忙！"二嫂接应着，"那可是个服务周到美发屋啊，还给人按摩什么的，也有别的服务哦。"

她们还相对一笑，好像没有争执过。

三姐让他们停止了战争，却受了侮辱。她干了一杯白酒，仰脸走出饭店，最后转身大喊了一句："你们才是婊子！天下最烂的婊子，卖不出价钱的婊子！"

整个过程中，我给我妈夹了几次菜，为我爸添了一次酒。我对自己的冷漠并不惊讶，因为这几个哥哥姐姐，包括嫂子们，我谁都不敢得罪。

就像你恨你的家一样，我对我的家也真的无一点好感。家家有本难念的经，对吗？

7

但要论起来，我是比较喜欢三姐的。她从小就挺有想法的，志向很明确，要当裁缝。她给我手工缝制过一件衬衫，试的时候发现太大就直接拿起针线改起来。她改得果然很合适，我妈还赞美她，说有其母必有其女。

脱的时候就有点难度了，缝的太投入，把里面的圆领汗衫和背心也缝了进去。

我妈勃然大怒，训她浪费了一块布料还弄坏了一件汗衫和一条背心，这样的女人是嫁不出去要当老姑婆的。我则脱得满头大汗。

三姐冷静地说："那就不脱了，先穿几天再说。"

我妈采纳了她的点子，我便穿了新衣风光了半个月。白天是衬衣，晚上是睡衣，日以继夜地穿。

她辍学时16岁，想趁年轻多学点手艺，裁缝学了去学理发，理发学了去学按摩，不像大哥那么有运气，在学手艺的过程里能遇到生命中的另一半，相反，她竟走霉运结识了一帮暗娼，久之，有想法又聪慧的她无师自通地当了婊子。

我们这家人总是在学手艺的时候出状况，断腿的，婚外恋的，当婊子的。大哥算是个意外的惊喜，大约是祖宗显灵，不忍心我们太惨，也许是他阳刚气重，有刀护身，能抵挡晦气。

她起初以为我不知道她开始卖肉，我也假装我不知道。后来我装也装不下去了，不至于全家都知道了就剩我耳背吧。

她对我说："小弟，我不在乎别人知道，就怕你知道。谁骂我是婊子我无所谓，你骂我，我要难过的。"

我的回答出乎她意料，我说："婊子是吧，你当了婊子怎么了，人各有志。职业不分贵贱，都是为人民服务。笑贫不笑娼，对吗？"

她哭湿了半条毛巾，说我讽刺她。我拍着她的肩膀，闷闷地什么都说不出，连句安慰的话都没有。

我不是擅长讲话的人，或者如你所说，我的情商是负数，我是一个彻底的"五百对半开（二百五）"。

8

婊子得的职业病大都来势汹汹，那些病的名字晦涩难记，药很贵，医生很缺德。一旦生病就意味着要停止工作，没有收入还要大把大把地往医院扔钱。若传出去，就是治好了回头客也不敢再光顾。

男人们都是谨慎的，对待事业，对待家庭，包括对待婊子。

三姐那次病了半年才算痊愈，她的一个干姐姐妒忌她胸部大，见机出卖了她，把她得病的事广播了一遍。连重播也不用，那原来培养了她、造就了她的婊子窟，她就再也钻不回去了。

一个午后，她忧伤地在民生巷散步以解苦闷时，被巷尾的红粉美发屋相中，那老板说她很有天分。

原来当婊子是真的要有天分的，我看你就算是一个。

在她得病期间，二哥来看她，给她十六字赠言：安全生产，以防为主，知己知彼，换位思考。还附赠光盘一张——吴君如主演的电影《金鸡》，以供她学习和观摩。当然是盗版的，但保证有国粤双语，画面清晰。

戏剧性的是，此后不久二嫂也得了性病。三姐原是不知的，大嫂特意去美发屋找她，要她答应不要告诉别人才愿倾吐内心的巨大秘密，是念及姑嫂情分才说的。

只几天，连二嫂她儿子所在幼儿园的阿姨们都知道了。她去接他，那些阿姨远远地看她，窃窃私语。

儿子问她："妈妈，你生病了，我怎么不知道？性病也要打针吗？"

气归气，她略一想，心中就有了数，那对杀猪卖肉狗男狗女的小儿子不是也在这家幼儿园吗？真想上门大闹一场，但毕竟现在有病在身，还授人以柄，底盘不太稳，弄不好自己要遭殃。再者，省些力气吧，在老公那边还得拒理力争呢。

想到这些，她就咬紧牙关说自己是去不干净的公共厕所用了不干净的坐便器才染了不干净的病回来，就这样说！

可理由显得牵强，她悲哀的情绪涌上来，下身也不合时宜地又疼又痒，只好连连跺脚。转念想到家中的存折都在自己手里捏着，又有了些许去面对的勇气。

她不禁一放松，两股脓水顺着大腿根由胯间缓缓地蜿蜒地流至脚后跟。

三姐和大嫂结了伴去看她，她比已往柔和了很多，送了大嫂一件她嫌大但没穿过的衣服。大嫂当场试了试，二嫂对三姐说："你看，真合适，就像为大嫂定做的，咱们大嫂越发福相了，两个儿子也长得跟招财童子没区别。"

三姐说："二嫂，我看你跟一种妖精真像。"

她知道现在夸女人漂亮流行说"妖精"，就不好意思地笑着问道："那是什么妖精啊？"

"马屁精。"三姐刚说完，大嫂就把那衣服甩了两米远。

大嫂似乎很悔恨，说那衣服肯定有病毒啊，要是有怎么向自家老公交代啊。还非要她小姑子给她证明清白，不然只有跳黄河、喝农药、吊房梁了，她单就忘了自己有刀，割脉切腹都够锋利。

此番对二嫂的奚落很让三姐满意，对大嫂也怀了些感激，当

日就买了一件确定没有病毒的价格不便宜的新衣服送了大嫂。

三姐在红粉美发屋卖肉跟在家门口卖肉也差不了多少，有不怀好意的女邻居对我妈说："你们家卖肉的可真多，了不起啊，要直奔小康了吧。"

我想起那句我妈多年前说的"有其母必有其女"、"这样的女人是嫁不出去要当老姑婆的"，竟有点戚戚然。

我爸不但是瘸子，还临时扮演起了瞎子和聋子。

9

　　这就是我的家人，生我养我的父母，一起长大的哥哥和姐姐。别指望在民生巷这样的地方能出个科学家、政治家、军事家……也别指望我会出淤泥而不染，以后大有出息。或者我只是不小心被父母造了出来，他们对我完全不抱希望，就像他们所生的前三个孩子一样，一个比一个让他们操心。到了我这里，他们也懒得来操心。操再多的心，到头来还不就是几个祸害吗？他们习惯了，我也麻木了。

　　后来一个意外让我考上了柳城最好的中学，全家人终于另眼相看过来，试图培养我。再后来，我考上了大学，却又得面临另一种境况。我明白了，生活总喜欢开各种小玩笑，而我只是它用来娱乐的小丑。

　　而弄明白这一切后我才发现，我所付出的代价也太大了一点。

1

　　而柳斋，你则一直以鲜活的状态出现在我黯淡无光的生活里。那鲜活是一条刚刚被开膛破肚的鱼，你掏出鲜红滴血的鱼鳃，再一脚踩扁鱼鳔，酷似气球爆炸的响声随之而来；那鲜活是一只刚刚被阉割的公猪，你提着它热气腾腾的睾丸，捂着鼻子称赞那东西臊气扑面；那鲜活还是一只刚刚被拍死的苍蝇，你举着苍蝇拍手舞足蹈。你带来的鲜活就是这样血腥味和破坏性十足的残忍。

　　你和我，我们都是残忍的，而且我们比任何人都来的残缺。

　　许多年以来，我印象最深刻的居然是 19 岁那年我们一次无聊逛街的场景。后来，我和所有女人逛街都变得很无聊，而之后的无聊都加起来再乘以 100 都敌不过和你一起的一次无聊。原来，无聊也是分等级的。

　　记得那是夏末秋初的某个普通下午，我左脚上的假耐克破了个洞，脚指头呼之欲出。有人说我运气真好，右脚那只没有破，也许那只是真耐克。我不管这些，你这样富贵人家的女儿都穿着拖鞋逛街，我这穷混混到底还算穿戴整齐。尽管后来你告诉我你的拖鞋价格相当昂贵，但我一点不脸红，因为我右脚那只耐克看上去至少像真的。

　　于是，我们很悠闲地逛了一个下午。

2

抛。

抛弃，抛开，抛物线，抛砖引玉，抛头露面。

对，就是这个抛。它叫小抛。

卖玩具的男人把目光从你胸口挪开，翻了你一个特别明显的白眼，就像我想翻的那种。

你18岁，不是8岁；你看上去23岁，不像3岁。

任凭你穿了印有流氓兔的鲜红Ｔ恤、黄色的丁字拖鞋；任凭你把又烫又染的长发编成两条麻花辫，试图模仿张柏芝的清纯；任凭你挂着练习多遍的你14岁照片上的笑容，灿若春桃；但你已经老了。

岁月对你无情，是你先辜负了它。

你手上那玩偶叫天线宝宝，有红色、紫色、黄色和另一种你忘记了的颜色。没有关系，你说自己偏爱红色那种，这玩具摊上也只有红色的。它们出现在电视上的频率挺高，产地不是美国就是英国，是教小朋友学说话的人偶。教的是国语还是英语还是二者皆有，你也讲不清。

这是你的习惯，越不知道的越要装知道。结果，你不知道的越来越多，别人知道你的也越来越多。

显摆让你落了个坏名声，和你的放荡相得益彰。

3

红色，你的嘴唇，你的 T 恤，你的发夹，大概还有你的胸罩和三角裤。现在，你又狂爱上这红色的天线宝宝。你原本想如它的同伴一样唤它小 Paul，可一口气堵在舌后，你随机应变地叫出了"小抛"。

你的聪明在于明明把错误的发音吐了出来，还要弄得自己标新立异，奇思妙想，打破常规。

你可怜的英语成绩和你可怜的数学成绩只有加在一起才能偶尔及格，比人家考满分的几率都小。

英语这颗鱼雷能炸死一个大池塘所有的鱼，数学那颗鱼雷又能炸死另一个大池塘所有的鱼。两颗鱼雷炸了你初中三年你还健在，已是奇迹；可炸了你高中三年你仍幸存，便成传奇。

炸不死你，被炸死的成吨的品种多样的鱼的冤魂也不放过你，你能保证池塘里没有鳄鱼出没？

看你印堂发黑就知你有祸降临。

抛。

抛弃，抛开，抛物线，抛砖引玉，抛头露面。

这位幸运的女同学，你还知道一种叫抛物的活在数学书里的线，并用它把几个动词和成语串了起来，果真起了线的作用。数学老师表扬，语文老师赞赏，后现代诗人自叹不如。

梅花鹿一样的眼睛，林黛玉一般的眼神，王熙凤一模的眼角。运用了一种动物和两个名女人的特征，你试图要我为你买下小抛。不贵，以你自命不凡的砍价功夫，顶多 5 块人民币。

你身上的钱可以买上一车，然后送给一所大规模的幼儿园，人手一个，小朋友们和阿姨们都有。不要着急，看门的老伯也会发到。

你等着我买，我故作不知。卖玩具的男人从翻白眼变成了翻《读者》，我顺手拿起玩具摊上一本《知音》，仔细地看，打算记住几个煽情的故事，转述给器重我的数学老师，软化她有些坚硬的理性思维。

你跺着脚，幸好你富家小姐的拖鞋质量上乘。你狠狠地甩掉手里的小抛，它静静地落回到玩具摊上，它始终含笑。

你喜爱它，却不若它有教养。

你的红 T 恤上不印流氓兔，人家便知你女流氓的品性。你看帅哥绝对不脸红，根据他们鼻子的大小来判断他们生殖器的大小，观察他们走路的姿势来推测他们是否拥有童男之身。

殊不知，认识你的男人们早把你研究透。你初夜的时间、地点、人物和背景固定不变地被传颂，但故事情节屡次更新，每次都融入新的元素，永葆活力，动感四射，跌宕起伏。茶余饭后，娱乐大众。

教育子女的坏典型，少女叛逆的好榜样。

那些不认识你又回头看你的男人，他们的身份是未婚、已婚、离异、丧偶，年龄在 18 岁到 80 岁之间。

吸引他们的是你像刚做完丰胸手术刚生完孩子刚做了人流的非比寻常的双乳。未婚打颤不已，已婚自悯自怜，离异春心荡漾，丧偶欲

火焚身。

18岁以下的不敢看，敢看也不能看，他们更年期的母亲或青春期的女朋友会及时转移他们的视线，直到你离他们百步之遥。

80岁以上的更不敢看你，你最好也避开这些干巴萎蔫的老男人。否则，他们因心脏病或高血压当场毙命，你有完全责任。就算他们中有身体超级好的，能勉强在看完你后还撑着回家，大约也活不长。

他们会用自己虚乏的拳头去砸同样虚乏的胸口，少时不风流，老来捶心头，要么捶死，要么气死，不过总归是老死在床上。但追究起来，你还是逃不了干系。

如果他们中不幸有党内人士，你还要背个反革命的罪名。

乳房大不是你的错，都怪其他女人乳房太小；招眼惹火也不是你的错，都怨现在男人没有见过世面；男朋友多更不是你的错，都说他们先勾引的你（你容易上勾是你心肠好，不忍心拒绝）。

4

然而你来勾引我，你错了。柳斋，你真的错了，而且够离谱。

我合上《知音》，把沉浸在 16 岁纯洁少女被强奸前幸福生活里的自我拉出来，虽然强奸后的惨景我更想看，但再惨也惨不过你。

要是你此刻高喊一句："强奸我吧，有劳了！"

交通堵塞，人声鼎沸，男人们蜂拥而至，女人们团团围观，卖玩具的男人连忙推销库存已久的望远镜。

我，我呢？趁机把《知音》捞回去恶补我贫乏的情商，卷书而逃。

尽管我心如明镜地知道，你只是想让我来强奸你，继而我们通奸。

然则我心如止水。心如死水。

男人想强奸一个女人远比女人想被一个男人强奸简单。强奸至少需要一点爱和勇气，想被强奸需要很多爱和勇气。

你离开货摊，我也离开。那卖玩具的男人快速揪住我，说道："《知音》，打折价，1 元一本。"

我瞄了几眼杂志封面，香港回归那年印刷的，怀旧又有历史纪念意义，卖一个欧元都不过分。我从口袋里掏出一个中国制造有真有假真假难辨一面花一面字的面值为 1 元的人民硬币。我是随机抽取，真假就看那男人的造化了。他并不在意，接过硬币就塞到腰包里。

他的玩具摊就是张单人钢丝床，上面的玩具眼花缭乱，还要

跨越经营范围地卖些书和杂志。书是盗版的，杂志是旧的，卖的比书店便宜，挣的比书店多。

生意人习惯什么好买卖都插一腿，个个巴不得自己是蜈蚣。难怪生产橡皮筋的工厂纷纷生产着避孕套，同是橡胶制品，技术上不会有太大的跨度。

只是装盒工人眼神要好，要是把橡皮筋放进设计香艳的避孕套盒子里，会让第一次使用避孕套的男人性欲减退，留下阴影，以后时不时就阳痿什么的，给不了女人性福。

对有经验的使用者来说，他们会以为这橡皮筋是避孕套的新样式，自己基本能摸索出使用方法来，在女人们的配合下，激情万丈。当然，后果就他们自负了，只要不弄伤不该弄伤的器官，做人流的医院一家赛一家便宜，节假日还打折。

做人流的医院一家比一家便宜，节假日还打折。这是你告诉我的。

好几次你在学校碰到面色苍白，神情恍惚，乳房肿胀的女生，你都关切地问她们："又流了？谁的？"

你熟知每个打过胎的女生，指给我看，你也熟知她们的男人，也指给我看。

就在你情绪高涨，指点男女时，你和我背后，有无数指指点点的或长或短的手指头。我们一转头，他们又换一副嘴脸，笑得春风满面，是同志般温暖的笑容。你没有怀过孕就如你没有中过彩票那样真实可信，手指头和笑容的主人们却坚信你怀过 N 次，还不解恨地变为 N+1 次。

你妈在医院当院长，他们就说你打胎又方便又免费。他们说："真羡慕她，打胎跟打的一样。"

"不，是跟免费打的一样。"有人纠正。

我揣着书跟在你后面，保持 50 米的距离，你把水蛇腰拖沓得柔情万种。好几次你要停下来等我或转头看我，我偏放慢了脚步让你心焦。谁比谁狠？我拿你当对手是看得起你。

一个男人的手腕有意撞到了你胸部，无意也说不定，不过你肯定他是有意的。你瞪着这个提着公文包、系蓝领带、穿白衬衣的平庸男人，那架势完全是你占上风。

他是个白领，而且是小白领。他们这些男人有共同的特征，劳碌使得他们20多岁像30多岁，30多岁像40多岁，四五十岁基本靠补肾来回归到二三十岁，接着再干事业。

这小白领的道路还漫长着，任务还艰巨着，紧张的工作导致他内分泌失调也不该满街乱窜，也不该撞女人，更不该撞面前这个女人。

小白领说了很多对不起，连带着鞠躬。说实话，你死了也不会有人给你鞠那么标准的躬。他谦卑，在上司和丈母娘面前也不过这样了。

你颇得意地笑笑，表示你欺负得了他，这种软柿子，你一捏一个扁。他不知道你的特点是欺软怕硬，犯了严重失误，我断定他将遗恨终老。

围观的人来了三五个又散去，这种事情简直提不起他们的兴趣，再说大家都挺忙的。你出手了，带着笑，一耳光扇得他莫名其妙，你再补充一个，他才醒悟过来。行人终于被吸引了几个上来。

他退了好几步，脸红的倒真成了柿子，突然他把包往地上一扔，两手握拳。你着实吃了一惊，我冲到你身边。你的英勇全没有了，只顾抓我的手。没曾想他的拳头是砸到自己包上，围观的人叹息结束得太仓促，不符合剧情发展，也就各忙各的去了。

小白领捡了包，决然离去，走了几步手机响了，他接电话的声音里夹着笑声。能屈能伸，让我汗颜。

"这小子肯定在中日合资的公司混饭吃，学过忍术。可再能忍他也该做做心理辅导，不然就要找个鸡操一顿，再打一顿。"你对我说。

你心安理得的表情证明扇人耳光是你特长，而且和吸烟一样让你上瘾。你扇得一次比一次狠，每回我都在场，我从不阻挠。聪明如你，有了胜算才动手，你看准了对方不敢还手，也算准了万一对方还手，我会帮你。

你的手掌张扬你的高傲，可每个手指都渗透着低微，除了出手伤人，它们一无是处。你用这手撕烂你妈最漂亮的衣服，把她的裘皮大衣加工成两个柔软的椅垫。一个放卧室，一个放教室，自鸣得意。这样你觉得屁股底下坐的是你妈，时刻压制她。

你妈不好惹，你太小瞧她。你宠爱的斑点狗没了，餐厅里他们正吃着一锅红烧狗肉，煮的又烂又透，香气钻进你的胃里，你开始呕吐。你妈讪讪然，给你倒杯开水。

最高明的其实是你外婆，你妈只是想把狗弄走，吃它是你妈的妈的主意。她人老胃寒，狗肉暖胃。重要的是你欺负了她的女儿。

你有什么资格要她对你好？你和你妈隔一层肚皮，你妈和她隔一层肚皮，你和她隔了两层肚皮，况且是脂肪囤积的两层肚皮，你注定要输。

除非你和你妈联手对付她，可你妈为什么要算计她的亲娘？而你，又是为什么要算计你的亲娘？

你怒气冲天，就去把锅弄翻，把开水倒进

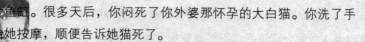

金鱼缸。很多天后，你闷死了你外婆那怀孕的大白猫。你洗了手给她按摩，顺便告诉她猫死了。

她摊开你的手，她说："你真记仇，真像我。"

这就是你此刻拽着我不放的手？毒辣的记仇的手，却也因惧怕要靠我来助威？

我把你的手甩开，我说："怪没意思的。"

"怪没意思的。"我再重复。

你摆了摆脑袋，仰脸望天，双手老实地插进裤袋，你是听懂我的话了。

你的听话让我意外。你拉着我的手其实又有什么呢，算得了什么呢？但你拉着我的手，我们又算什么呢？你算什么，我算什么？我是不是不该甩开你的手？然后随便你拉着我，直走，直走，直走，从你出生的医院走到火葬场走到坟墓；从你14岁恋上我走到你嫁给我走到你老死在我怀里。你忽略了转弯，很多的转弯。你故意的。

5

你一路踢着沿街每百米放一只的橙色垃圾桶，把一只拖鞋踢飞了，单脚立着像要打鸣，咯咯笑得随时会下个鸡蛋出来。我只有跑去捡，你刚穿上它就潇洒地把另一只踢飞了，还挑衅地看着我。

我不是张良，你也没有什么兵法传我，我就等着看你的精彩单脚跳表演，如你不嫌弃街道脏还可以赤脚。我不动，你也不动。我再不动，你就动了。

你刚做好单脚跳的预备动作，一个怜香惜玉的老男人就把拖鞋给你送来了。你自我感觉良好地媚笑着，目送那男人远去，依依不舍。

你笑的真贱，比我都贱。如果垃圾桶够大，我想把你塞进去，再把我自己塞进去。我们脏透了，甚至没有回收再利用的可能性。你要相信，连你最看不起的捡垃圾的糟老头和烂小孩，他们也不会捡我们，捡擦完屁股的卫生纸和浸透经血的卫生巾也不捡我们。

你的手已经伸向我手中的旧杂志，快，狠，准，转眼所有悲情故事化为碎纸片缤纷落地。套红袖筒的大妈过来，你扔10块钱到那堆纸片上。和蔼到已经卑贱的大妈，她竟然捡起钱，开票，给你票，找你5块钱。

你接过来，细细将它们加工成条状，循规蹈矩地跑到不远处的那只垃圾桶，轻巧地投放着，真像把温情脉脉的信件投入邮筒。你应该来当这个城市的清洁形象大使，举止文明优雅。不过损害人民币是犯法的，你不要就给大妈当小费，何至于这样呢？

你可是市人民代表的女儿，和人民币差不多珍贵，我要糟蹋你也得我市人民投票表决。但凡长眼的人民皆会觉得你什么都不缺，就缺糟蹋。

这一点，群众的眼睛比雪亮，群众的心比致富齐。

大妈意味深长地看我一眼，关切和疼爱不可言传，她发来信号：这样的女人千万不能碰。她对你绝望了，你不该让她老人家连教育你的想法都没有就放弃了你，多循循善诱的老同志。大妈再次看我一眼，很担忧地离开。

你乖巧地轻盈地花蝴蝶一样飞来我身边，对着我作幸福状，也许我不幸了你就有福了。你闹腾了整个星期天下午，丢尽了脸，出尽了丑，以后怎么让你接受高等教育呢，重新改造还差不多。

你究竟还要闹腾多久，我究竟还能陪你闹腾多久？

红颜祸水

1

威猛，高大，古惑，傲慢不羁，玉树临风，天资聪颖。这是你搜肠刮肚想出的对我的赞美。还趁热打铁诉说了对我的仰慕之情，属于单刀直入、开门见山那种。

给我戴的帽子太高，你的目的太明显。我表现出那个年纪的男生少有的成熟和冷静，虽然这是我第一次遭遇女生的追求，用追击更合适。

你错看了我。

那时候念初中，我们每天穿校服，吃一样的营养午餐和一天两次的点心。我努力把自己清洗干净，修剪指甲。

外出活动要自备午饭，我妈会在我的饭盒里装大块的红烧肉，又红又亮，煞是好看。可我吃的时候，还是尽量找没有人的地方。我的生活很低贱。我吃到火腿肠的时候，你家的狗早就腻烦了它。

我知道你们都不喜欢吃肉，我喜欢。

2

　　我带你去民生巷口，试图打消你对我起的歪念头。

　　"那修自行车断了半截左腿的是我爸，给人补鞋和擦鞋的是我妈。我的两个哥哥，大哥卖猪肉，二哥是卖盗版光碟的文学青年，两个嫂子一个赛一个尖刻。"

　　"……"

　　"补充说明，我有个好姐姐，她的工作是给男人洗头和按摩或者被男人按摩。暂时没有男人肯娶她，她得挑人家剩下的，破烂里拣精华。"

　　"……"

　　"除了考试和打架，我基本一无是处。我的青春痘不长在脸上，全集中在后背，所以看上去有点帅。你不相信，我可以脱了衣服给你看。"

　　"……"

　　"另外，我没有钱请你看电影，你有兴趣的话，等过几天陪我去抢劫一批小学生。"

　　"……"

　　14岁的你飞红了脸，跨上自行车就跑了。

　　你被我吓坏了，而我没有一丝夸张。永远不要看高一个人，永远不要看低一个人，你得记住。还有，爱一个人是伤身体的，恨一个

人也如此。

　　还有，你要遵守交通规则。

　　还有，你的脸红得引人遐思，让人心猿意马。

　　为什么你现在不再脸红？莫非你的功能在一样样地衰退着？不羞耻，不知足，不宽容；不再感伤，不再流泪。或许你从来没有羞耻过、知足过、宽容过，你从不需要感伤和流泪。

　　你的脸红根本是一个假象，否则就是我的眼睛出了问题。

3

你在我身边，长久未说话。快到校门口，你从包里掏出皱巴巴两块校牌，扔给我一块。门口分立两只黑色的大石狮子，左狮旁站着的是你的男朋友之一，他威严的神色俨然化身为第三只石狮子。他已经等了你很久，面目和四肢都已经僵硬了。

你笑笑，我们三个一起走进学校，他隔开我和你，给你拎包。

你欣赏男人的眼光越发让人佩服，他耐看得一塌糊涂，五官凑在一起怎么也不肯分开，两个本该固守在小脸蛋左右的尖耳朵拼了命往前冲，眉毛眼睛鼻子嘴巴就拼了命团抱在一起，打算一致抵抗耳朵的侵犯。

很耐看，你这样形容他。

是啊，需要很有耐心地看，才看得清他的五官。最好用你素来有力量的手去掰开它们，好研究他到底有什么样的微型零部件。

也许他是真的对你好。长得花朵一样的美男子你也拥有着，可是他们未必能对你好。回首过去几年，你也算风华正茂，却去残害那些花朵，一双摧花手掐死多少鲜嫩。到了头，你落下不好的名声，而你身后园丁般呵护那些花朵的漂亮女子成堆成堆，她们要淹没你简直轻而易举。

你如今靠声名狼藉来博取别人的尊重已经是可笑，波涛汹涌的吐沫海里你奋力去游，遇到肯救你上岸的他已然幸运。至少他是在真心对你。

这么多年，我未曾拖你后腿。有天你修成正果，众望所归地当了婊子，这笔账，我们怎么来算？三七分？你三我七？

你那读高一的男朋友回他自己的一楼教室去，我们还得爬到七楼。处得越高，是越被重视的。我们在最高层学习知识，本该自豪，还得狂妄。七楼集中了6个高三重点班，愁云惨淡的气氛直接蔓延到九重天。

我先进教室，你后进。你喜欢后进，你是出了名的后进生。

教室里所有同学都到齐了，你的位置空得真明显。有男生不断望着你那位置，也有男生紧盯着门口不放。

你狂风一样刮进来，脸是冲着我的。我正对着旁边穿着无袖衫的女生说话，而那不争气的女生刚要开口就闻到你的气息了。她惧怕你，她们都惧怕你，她沉默，她们都沉默。

只有你，你总要弄得只有你存在而别人都消失。

你坐在位置上扭过半个身子，对我说："天啊，我们居然逛了一下午连晚饭都没有吃，饿啊。"

你扯进了我，你要宣布我们亲密无间。同学们都假装看书写作业，心里不知怎么厌恶你，厌恶我，厌恶我们这对狗男女。

爱慕你的恨我，爱慕我的恨你，其余的把这当成一种黑色幽默，他们现在不笑，等我们不在的时候再来笑。

你恨着我，我恨着你。所有同学恨学校，学校恨所有同学，是恨铁不成钢的恨。我们这里到处弥漫着仇恨，仇恨绵绵，绵绵不绝。

你举着一本数学书，看得时嗔时怒，表情丰富。看数学书看不成你这样的，你又不知在那书后面放了什么袖珍版的言情小说。肤浅如你，无药可救。

4

晚自修上课铃声一响，历史老师拎着保温杯走进教室。透过他的白衬衣口袋隐约可见一张对半折叠的 50 大钞，他的惧内和节俭是出了名的，公开发表了"袋中只放 50 元，不买烟酒不赌钱"的新好男人宣言。

那张纸币似乎长久没有更换过了，伟人的头像一直面朝我们，亲切温和。

这样一晚上两节自修课下来，坐班的老师可以得到 40 块补贴。所以常有任课老师去找班主任要求晚自修坐班，皆打着给同学"答疑解惑"的旗号。那老谋深算的班主任，一周五次的晚自修他一个人就霸占了三次，另外两次分别给了他的至交历史老师和长相狐媚、年轻守寡的英语老师。

不过 10 块钱一节的早自修他却不那么大方了，全部占为己有。就这样，他早出晚归，兢兢业业，挣到了钱还评上了"优秀班主任"。

我们这位历史老师，年过不惑，温文尔雅。他不抽烟、不喝酒、不乱花钱，但并不意味他的生活就枯燥不堪了。他好色，但不舍得花钱去嫖，再说家里那母老虎也不好对付。他就把"色"融入到工作中，但女老师他是不搞的，影响不好，便把目标对准了女学生。

搞女学生也绝对不能搞得太过头，流氓举动化成关爱的抚摩，地点一般在他办公室。摸得有技巧，连办公室其他老师都看不出他的猥亵，觉得他真是爱才如子。

他没有摸过你，他是不敢摸你的。你那显赫的家族一摆出来，他的色胆哪里还有。他对你连摸的想法也没有，你很安全。

偏是这样，你仍然不放过他。你说看不起他那流氓的本性，你说要整死他。

你要为广大受难的女生去出头，还团结了大帮受难女生的男朋友。

我的女朋友，挺善良一个小女生，当着历史课代表，首当其冲地被他摸。

你对我说："你都没有摸几下，却被那色魔先享受了，你咽得下这口气啊？"

我那女朋友缩在我身边，用眼角余光鼓励我帮她伸冤。她说："这可是性骚扰。"

妈的，她知道是性骚扰还总找借口去他办公室迎合他的骚扰。作为基督教徒的她，在圣经里学会了 "如果一个流氓摸你乳房，你就把屁股送给他摸"，谁叫她天真无邪？

你大为恼火，一定要组织一次偷袭。

就这样，我们这一伙——十几个男生，在月黑风高之夜砸碎了他宿舍的玻璃窗。你呢，在另一个月黑风高之夜喊了几个校外的小痞子去暴打他一顿，警告他不许再耍流氓。

他再来学校的时候，脸都肿了，那缠着纱布的双手连粉笔字都写不了。他说不小心摔了一跤，我们在下面笑得人仰马翻。说实话，那时候大家都觉得你是个不错的正义维护者，发展一下，还是个犯罪团伙女头目。

你得意极了。

我们扼杀了他仅剩的生活乐趣，他的面容日渐沧桑。

只恨我那女朋友太经不起考验，为了提早得到期末考试的历史试题出卖了我们，不过她出示的名单里没有我也没有你。她保全了我们，还把试题拿来和我们共同分享。

你，正义的化身，去承担了责任。前因后果你对学校领导分析了一遍，还顺便提到你爸决定要把"柳林中学某历史老师对女学生长期性骚扰"当做人代会的议题报上去。你在学校没有受到处罚，回到家挨了批评，说你简直胡闹。

更胡闹的倒还不是这件事，而是学校要处理历史老师，你却去为他说情，还带着全班的集体签名。

你对我们说："必须留下他，让他对着我们这班揭穿他面目而他无力回击的学生，让他每日痛苦，还要感激我们为他说情，保他饭碗。"

你真够狠，我们也真喜欢这样的狠。

这样还不够，你选了做早操的时候扇了我女朋友两个耳光。那么响亮，吸引了周围所有人的眼光，老师过来，那挨了打的居然说："我们在开玩笑呢，一个小玩笑。"

你蔑视着我，还淡淡微笑，你在指责我的"遇人不淑"。

我很清楚，就算她没有做出叛徒的行径，你还会找出理由替我休了她。

毕竟你休我女朋友休得熟练了，也省了我多少精力啊。

最后一节操做完了，我听到全班同学给你鼓的掌声，你为大家出了气，这掌声你该得。我看着我那被休又被羞的女朋友，她的眼泪在眼眶里转了一圈，很快就落下来，两个手掌却拍得不比别人逊色。

你骂道："婊子！婊子德行！"

可婊子拿给我们的历史试题你保存得完好无缺。

我是再也不会找女朋友了，除非有天你人间蒸发。你祸害我祸害得都让我看破红尘了。你还到处说你是我的红颜知己，你他妈的就是红颜祸水。

5

历史老师此刻正站在你课桌旁边，你早换了一本历史习题等候他的大驾。他给你轻声地讲解题目，你恍然大悟地张着嘴巴，感激地点着头，还笑起来。

他也笑，他说："你真调皮！"

我差点没把胃翻上来，本想吐点隔夜饭菜的，但消化系统工作效率高，没有剩下什么。而且我们连晚饭都没有吃，我真后悔。倒不是挨不得饿，而是等下你来找我吃夜宵，我没有坚强的意志来拒绝，又要和你混到一处。

果然，一熬完两节自修，你就要去吃烤羊肉串。你说："不吃白不吃，有人请客。走！"

你男朋友上七楼来接你，你叫他也同去吃，他一脸的满足。

是人妖请的客。她叼根烟，短得快要露出头皮的发型，平坦的胸部，一条棉布长裤披挂在瘦得竹竿一样的腿上。你说她的内裤是男式的，她不戴胸罩。戴胸罩？她也要戴得上啊！

这样的女人，本来就很难去做女人，于是渴望做男人。她的目标是做变性手术，然后娶你。说来你也真算人见人爱，人妖见了你都爱。

她大大咧咧地冲你吼着："喂，说好二人约会，你带他们来做什么？"

你过去把她用二指夹着的烟拿过来抽，摸摸她的头发，说着："不要这样啊，都是朋友来着。我不是片刻也离不开男人嘛，没男人喝不下酒。"

搞得我和你男朋友像是你临时召的妓。要不是为着吃顿免费的夜宵，至于吗我？

我们坐下来，人妖拼命往你身上靠，手放到你大腿上来回地蹭。你男朋友一脸疑惑，显然这是他第一次被你带出来见世面。

我附在他耳边："喂，兄弟，这种现象叫'同性恋'，以前没见过？"

他笑着，以为我在开玩笑。

我觉得再说下去就更没劲了，填饱肚子才是我的主题。你们三个爱怎么样就怎样，三角恋爱的故事老子听多了，多恶俗。

你端着啤酒杯，左有男朋友瞻仰，右有人妖献媚，对面偏是我这样煞风景的——吃了白食都不知道领情的家伙。

你要和我干一杯，要我来领领你的情。

我站起来，举杯，还有祝酒辞："希望你们相亲相爱！"

你男朋友刚要谢我，人妖就把杯中酒干掉了，两个人都比你激动。

你说："口才越来越好了，了不得。准备考北大了吧，中文系啊？还是他们为你这种人特别开设的'抬杠系'？"

我说："是生物系，研究雌性高级动物的性取向。"

你把酒泼向我，你男朋友起身阻止你的无礼，我一躲，酒一滴不漏地泼在他身上。

人妖气冲冲地对我说："怎么搞的，你个民生巷的死痞子，给你几分脸你就忘记自己姓什么了？"

我叫嚣着："人妖，那你是什么玩意儿？"

她把桌子一拍，从另几桌过来十几个痞子，嬉皮笑脸地看着我。她吃个夜宵还带了走狗，真威风。

想当年她落难的时候，我们家还赏过她几口饭吃。

她15岁被村里几个小青年给轮奸了，他们想剥光她衣服看看

她到底是公是母。结果一瞅她是母的，便觉得什么都不干的话，还真有点浪费资源。

她家里人早看不惯她，把取笑她的喉结和平胸当成乐趣。乍一听说她被奸，还是几个人轮着奸，竟面面相觑。

她姐姐首先就笑了起来，摸着她的脑门说道："你肯定是发烧说胡话，别乱想，爹娘会想办法给你找婆家的。"

她愈加难过，就进了城。那时候我三姐16岁，还没当婊子，不知怎么结识了她。三姐把她带回家，我妈以为女儿带了男朋友回来，慌得没了神。

她刚坐下就问三姐要刮胡刀，说道："好几天没有刮胡子了，真他妈不舒服。"

弄得三姐对家里人解释了好一阵子，甚至提出下次她再来，我妈可以看她上厕所，她撒尿是蹲着的。

就这样一个变异人种，便是人贩子见了她，都没有拐卖她的动机。

想不到她在城里混了几年就成气候了，到了现在，居然是一家网吧的老板。要不是她那几个饥不择食的同村小青年，哪里有她今日的风光？

你拉着她的手，说着："喔唷，不要太冲动。都是我不好啊，我不应该带他们一起来的。我们两个人约会就绝对什么事情都没有了，这几个男人太不懂事了。"

我操起一把椅子就开打了，你男朋友算条汉子，操起另一把椅子要和我并肩作战。

擒贼先擒王，我反剪她双手，把她压倒在一张桌子上。你男朋友战战兢兢地砸碎个啤酒瓶在空气里乱划，明明我们稳操胜券，他倒像个被警察重重包围的歹徒。

你说："好了，好了，停止吧。"

人妖疼得"哇哇"叫，那声音和挨了板子的太监没区别。

你去拦一辆出租车，你拉你那男朋友先钻进后座，我押着人妖退进前座，然后一脚揣她到地上。她摸屁股喊"疼"的时候，我们早开溜了。

你在车上连连后悔，说你不该和我较劲，导致了这样的局面。你男朋友手里的半截啤酒瓶还握得很紧，从手心流出血来。你惊呼着要送他去医院。根本都没打，他就流了血了，那瓶子弄伤了他自己。你要他慢慢松开手，拿纸巾给他捂着伤口。

你朝那伤口吹了几口气，问他疼不疼，他笑着摇头。

你还真把自己当仙女了，吹口气就能救死扶伤。

6

我们在医院急诊室的大厅里等你那在包扎伤口的男朋友。一帮人抬了个血肉模糊的伤员进来，有个妇女跟在后面哭哭啼啼地叫着"我儿，我儿"。她手里的包裹掉到地上，落了一地的硬币，一元的、五角的、一角的，还有分币。

大厅里的人都帮忙捡，我们也加入了。你蹲着，眼睛张得很大，一手在捡，一手去揉眼睛。我以为你困了，再一看，你眼角分明有泪花。当你笑着把硬币交给那妇女时，我想我是看错了。

眼泪？你很多年都没有流了。

我们重新坐到长椅上，大电视里放着你爱看的言情剧，你却只是低头。

忽然你说："有天你这样被人抬进来，我绝对不跟在后面哭。"

我说："你笑都来不及呢。"

你放低了声音："我筹钱都来不及，救活你需要钱，我要用自己挣的钱救你。"

我头皮一麻，鼻尖也麻了，我低着头："说什么呢，等你挣到钱，我早死了。"

你抿了抿嘴唇，你说："那我当婊子，卖我自己！"

又酸又麻的滋味涌上来，我克制着，我说："犯不着你拿钱救活我，轮谁掏钱也轮不到你。"

然后我抬头看电视，但酸楚还是无法抑制，也许人到晚上都容易脆弱，特别又是置身在医院这样带点悲情味道的地方。柳斋，我明白你对我很好。而且不是一般地好。你对一条狼这么好，它也会每天叼只兔子在你门口放着了。但你对我好，我还可能反咬你一口。这一点，我知道自己连畜生都不如。

你叹了口气，我清晰地听到你有气无力的叹息，我的心微微收紧了一下，像是你用手拽住了我的心脏。

电视剧中的女主角美丽动人，男主角意乱情迷地盯着她，发抖的手缓缓伸向她。刚有点看头，一个号召全民补钙的广告插了进来。

你男朋友和那钙片一起出现在我们面前，晃着被包得粽子一样的手掌。

我"呵呵呵呵"地笑起来，你也"哈哈哈哈"地笑起来，只他稍迟顿些，隔了几秒，才"呵呵"又"哈哈"地响应着。

7

我们回到学校，将近零点了，照例要翻墙。因为是星期天晚上，翻墙的同道中人比较多。休息一个周末了，偏要抓住最后一点尾巴，大不了星期一在课堂上多打会儿盹。

今天翻墙这几伙都是老手了，只你那男朋友是新手，还是个受了伤的新手。大家英雄不问出身，好汉不说废话，都要帮助我们这一伙先爬进去。亏了各位豪杰，我们平稳落地。

夜间翻墙遇到的同学，白天认出对方来是不打招呼的，这是规矩。

一次学生会换届选举，一个尖嘴猴腮的男同学发表就职演讲，被我们认出来了：他正是学校风传已久的翻墙高人。他的翻墙速度匪夷所思，每翻墙都单独一人为团伙，戴一白色口罩。

我们有次半夜在墙根下做预备动作时，他出现了。他腾空而起，白色口罩飘落到你手上。你和我抬眼望去，有幸一睹他口罩背后的风采，好一副齐天大圣的尊容。

你把口罩扔给已在墙头的侠客，他轻轻一接，双拳一抱，倏然落地。

我很担心他会杀我们灭口，毕竟蒙面大侠一般都忌讳被人看到真面目。

你说道："要杀也是杀你，他是舍不得杀我的。英雄爱美人，这话永垂不朽。"

我当场就口吐白沫作晕倒状，你说那是我消化不良并且胃动力不好，能拯救我的只有马叮琳。我求你，我说："拜托，你少说几句我就能健康成长了。"

你一捋头发，你说："事实就是如此，要是我不漂亮的话，你为什么总不敢看我？"

我无言以对，继续呕吐。

那大侠在演讲的过程中望了我们一眼，你还双手抱拳去模仿他当日的动作唤起他的回忆，害他讲完第五个要点又把第三个要点重复了一遍。你鼓舞身边的选民投他一票，那情形像你是他的代言人。

他的确是当选了学生会主席，和他的实力有关，人家才不在乎你拉的那几票呢。选学生会主席这种事情跟选美国总统一样，长相也很关键。当然，总统要帅一点，但学生会主席就长得越糟践越好，最好能长成抽象派。如此这般，才会产生竞争力。

他走下台来深深看了我们一眼，我们露出最甜的笑容。

他小声地说："有事你们说话，小弟万死而不辞。"

我们齐齐抱拳，心潮澎湃。

后来我们知道，他晚归翻墙不是为着贪玩，是在外面打工。不由得，我们又对他生出无限敬意来。

你男朋友和我回男生宿舍，你回女生宿舍。两个宿舍隔了一条路，你坚持不要他送，我自然是不会送的。你的背影一闪就消失在夜色里。

一块鲜红的条幅提早挂在了主教学楼上——"庆祝教师节"。

教师节过后的第一天，2001 年 9 月 11 日，美国世贸大厦轰然倒塌。

天賦異秉

1

这惊天动地的爆炸让你抓狂，你向来爱闻血腥味，"9·11"有足够的血让你兴奋。

你在教室里张牙舞爪，你说："好啊，死了那么多人。"

你叫嚷着："婊子养的！炸得肠子满天飞，真是够爽！"

我不服气，于是站起来反驳你："柳斋，闭上你的臭嘴！你有点良心没有？我看你加入恐怖组织算了，你有潜力！"

你跳到桌子上俯视我，你说："看不出来，你这样的小痞子也与时俱进，呼唤起世界和平了。有种，你！"

少不了我们又是一番撕打，以你拉掉我衣服上一排扣子而告终。此后每天你都收集 "9·11" 的后续报道给我，鼓励我热爱和平。但我知道，你是存心来嘲讽我的。

2

你幸灾乐祸的表演令我生厌。

你"口口声声"的"婊子我介绍几个给你认识好了，民生巷就有现成的。"你见了真婊子，就知道你充其量只是一个荡妇。

你还是朝"婊子"的方向努力吧。荡妇和男人干不收钱，弄不好还倒贴钱。你虽不缺钱，可是总不能太吃亏。凭着你的潜质，你足以开创烟花界新纪元，万婊崇敬。

你对着男人搔首弄姿，怎么看都觉得你天赋异秉。

待你功成名就之时，我那配备杀猪刀的大哥大嫂给你当保镖，绝对有神雕侠侣的气势。

三围了得的二嫂和已是业内人士的三姐，她们得拜你为师，学无止镜啊。但你不能要求太严格，毕竟十个手指各有长短。不是人人都能当将军的，你自己当了将军，你就按士兵的标准训练她们。

当然，有谁不虚心地向你讨教，我就去做她的思想工作。

敢！谁不虚心谁当良家妇女去！时代再怎么变，尊师重教的传统美德都不能丢。

对了，你必然要出自传的，我向你特别推荐我那从文多年的二哥，给年轻人一个机会嘛，你把隐私点点滴滴地毫无保留地公开，到时候你们不想名利双收都不可能。

卖什么不是卖呢？

到了火候，你进军影视圈，再打入歌坛。不要太着急，你得先和哪个男明星或女明星有个一两腿。真的假的都没什么，关键

在于弄出轰动效应。

台湾有个过气老女模和一个当红小生睡了一觉，她就莫名其妙地红翻了天。天知道他们睡没睡，也许他睡的女人里根本没有她，你出道早的话，他睡的就是你了。

我看中一对档次低了点的明星夫妻，毕竟咱们是从下往上爬，要求不要太高。那夫妇两个唱歌一起唱，补肾一起补，每天睡觉前一起洗洗。你的任务是拆散他们，先勾引男的，后勾引女的，你是双性恋！

让他们闹离婚，分财产，等他们领了离婚证，你把他们都甩了。让他们搞复婚，开新闻发布会。等他们领了结婚证，你去拣个孩子认他当爹，认你当妈，认她当姨。

他们要做DNA，你就说怕伤害到孩子幼小的心灵。可劲儿拖，一直拖到你演戏灌唱片的档期排到2038年。他们那时候再玩情歌对唱也混不红了，再补肾也干不成了，再洗洗也洗不动了，你还和他们较什么真儿呢？

而且你也老了。我二哥给你写本回忆录，你也就隐退了。买个小岛静度余生也好，嫁个快断气的富翁也好，安乐死也好，怎么都好。

你一死，后面有的是人要把你的一生拍成电影电视剧。所谓的千古流芳，也不过如此了。

3

你的死，我想到了你的死。你咽气之前能从破碎的记忆里收拾起我的面容吗？你眼前一闪而过的是我的笑容还是沉默？我是否总是在你面前沉默，以至于你到生命的尽头还在憎恨我的沉默？

我也会老，也应该在死前想想你。我记得的是你的张扬和放肆，还是你的毒辣和无耻，或者我更愿意记得你微红的双颊。人之将死，都喜欢把美好的东西带进天堂或者地狱。

而我们这样的人，死后必然进的是地狱。到时候在地狱见了面，我们都吐着长舌头，青面獠牙。我想听到你说声："你好酷。"那我肯定也回你一句："你好美。"

我们把舌头卷进去，再一齐伸出来，往阎王脸上吐两口浓痰。他把我们打入十八层地狱，我会拉着你的手不放开。你可能会有点害怕，但活着时你什么都不怕，何惧死后呢？

下油锅后，我们问鬼差们讨两条毛巾，互相搓个背，最好有块香胰子，制造一点点泡泡浴的气氛。

我们洗得干干净净的，将不堪回首的为人一世的龌龊全洗刷掉。做鬼的我们比做人的我们要清白。

你一定是全地狱最迷人的一个女鬼，你还那么纯洁。

你的美丽史无前例。

4

是的，你是美丽的，你伫立在民生巷，面上飘有红云两片，那画面更加美丽。

你第一次出现在民生巷，飞红了双颊离开，我料定你不会再来，你对我一时的痴迷不过是你高估了我。我的家境，我的生活，它们会让你鄙夷。你的雪白鞋袜一踏上这条肮脏的巷子，你就会心生厌恶。

你的家在柳城最美丽的地方，推开窗能看到全城剩下的最后一片柳树林。很多个春日，你的头上粘了柳絮来上学。你有心或无心，但你在位置上坐定，轻拢黑色短发的时候，柳絮飘落下来，挑拨着我动荡的魂魄。

我原谅了你的臭美，相信是春天在招摇娇媚，而不是你。

我料定你不会再来，民生巷会玷污你的高贵。

一个周日的午后我看到你出现在巷口，你抹着汗，把自行车推到我爸面前，从车篮子里拿出双红色的高跟鞋递给我妈。你想的周到，自行车和你妈的高跟鞋一起坏了，同时关顾了我的穷匮爹娘。

你没有看到我，只要你一扭头就能看得到，我也不招呼你，我知道你也许不想遇到我。

你和他们说着话，随便找了张陈旧的矮凳坐下来。双手在额前搭了个凉蓬，双脚弯曲合拢略倾斜，粉色的半袖衬衣配着淡蓝色牛仔裤，你看上去安逸而舒适。

几条土狗在你面前来回地溜达，它们嗅得到你身上陌生的气息。我爸大喝了一声，土狗们纳闷地跑开。你对着他笑，他警戒地躲开你的笑容。

土狗叫嚣着逃开，又有几只不甘寂寞的母鸡附和着叫。

一群妇女笑闹着走过，她们挑剔地看着你，不顾忌地嫉妒你的年轻。

几个男人吹着口哨，眼睛在你身上来回地扫描，故意停下来和我爸打招呼。

跑来了几个小孩子，一个在你对面的墙上撒了泡白晃晃的童子尿。

你偏过头，男人们含义深刻地笑。他们巴不得出现两只交配的狗，让你难堪得浑身发抖。

对不起，他们不是土狗，我爸知道他们对你不怀好意，可他无计可施。

民生巷就是鸡犬相鸣，永无宁日的。

对，这就是你所看到的我的世界，鸡和狗，脏和臭，卑和贱。

这里的人过得太沉重，反而轻薄；这里的人要的太简单，反而艰难；这里的人连快乐都是低下的，一个陌生的安静的女孩都可以被当成调侃对象。

你在偏过头的时候，看到了我。精赤着上身，穿一条烂牛仔裤的邋遢的小混混。我冲你吹了个响亮的口哨，比那些男人吹的都好。

你笑嘻嘻地站起来，屁颠屁颠地跑向我，你说："嗨，你真酷。这个造型真是不得了，比穿校服棒。"

男人们嬉皮笑脸地看着我，我朝他们挥着手，说："该去哪儿去哪儿，别起哄。"

你很小声地对我说："他们要不是你街坊，我死定骂他们个狗血淋头。"

我说："不用给我面子，你尽管放开了骂。"

你半蹲下，双手做成个喇叭放嘴上，怒吼着："还不快滚！"

学校里的你和我，巷子里的你和我，到底哪个是你，哪个是我？

我带你去电玩厅抢劫小朋友，把他们的钱"哗啦啦"一大堆用一个塑料袋装好，摆到你面前。

你说："念你是初犯，把钱还给他们我就不报案了。"

我笑着："小姐，我是累犯，报案电话是110，拿个硬币你去马路对面的电话亭打吧，我在这等着。"

你说："不要开玩笑了，把钱还给他们。"

我认真地看着你，你掠掠额前的头发，问我："真的?"

"真的。"我说。

你把塑料袋往书包里一塞，四处环顾了一下，轻声说："撤！找地方分赃。"

你他妈入戏入得也太快了，你才像在开玩笑。

5

呵呵，玩笑。

我能进柳林中学才是个最大的玩笑。

我升初中那年，全市的小学联合声讨柳林中学招生工作的严重排外现象，其生源大都来自柳林附小。为平众怒，柳林中学从每所小学里挑了些六年级的学生，安排他们考试，最后录取 50 名。

这种事我压根就不知道，当时正愁肠百结地想着暑假该怎么安排，跟大哥学剁肉还是去继承我爸的自行车修理，不过二哥为我单独开办的作文速成班是非上不可的。

岂料一个本应代表民生小学去考试的同学出了车祸，老师们想到了我，一是想着不至于浪费我的好成绩；二是想着我这样的小痞子进了柳林中学无疑是个祸害，我是替他们去报仇的。

那天三姐拿着摩丝，"哧哧"地往我那板寸头上喷了小半斤。为了保持那造型，我骑车时踩一圈停三秒，最后毅然推车前行。迟到了半个小时后，我面不改色心不跳，两指头轻捏着一根笔如双手紧握着一把关公大刀，威风凛凛地闯进考场。

偏是这样，我居然被录取了。

50 个名字写在红纸上贴在柳林中学的门口，我的大名在最后，收了一个尾。那几个字写得要多漂亮就有多漂亮，我看得痴了。

我提着五斤橘子和两盒太阳神口服液，身后是我妈和三姐。我们一出现在病房，那本是靠在枕头上的同学瞬间就躺下了，还用被子蒙了脸。因他的祸得了我的福，他那爹妈也没给我们什么

好脸色，橘子和太阳神是打动不了他们的。

反而是三姐要上前给他做全身按摩时，他才吓得钻出来，他爹妈护着他，一对黑脸默契地增白了。

他后来和众多前来探望他的同学说："其实断了左手我也能用右手去考试的。"

他们频频点头，突然性强迫失忆症使他们忘却了那位相处了6年的左撇子。几个善感的女生背过脸去抹了眼泪，这是民生小学六年三班最感动的时刻。

给我开庆功会那天，同学们的记忆又出奇得好。一个女同学首先忿忿地公开了我一年级往她裙子里撒辣椒粉和花椒粉的不可告人的罪行。连先撒辣椒粉再撒花椒粉，辣椒粉不辣，花椒粉太麻等细节都描述得一清二楚。

此后一发不可收拾，庆功变成了谢罪接着是批斗。众人踊跃发言，群情激昂。

"左撇子"还在医院疗伤，很不幸没能与会发言，但央人捎给我一枝"英雄"钢笔，还叫我在柳林中学好好表现，否则他就不认我这个老同学。天地明鉴，他是最有诚心要激励我上进的人。

我开始幻想时间倒退，他不出车祸，他去考试；如果非要出车祸的话，至少他断的是右手；我索性咬咬牙，保全他，断我的也行啊，断个小指头什么的。

民生小学销毁了我的不良记录，让我清清白白地去上中学。好像我在小学阶段是品学兼优的好苗子，要是以后长歪了，生害虫了，只怪柳林中学教育不得法，断送了我的前程。老师们嘱托我千万不能给母校丢脸，言下之意，我这张脸是要为柳林中学丢的。

肩荷重担的我连告别也忘了跟他们说，要回了三五把曾被他们暂时保管的铅笔刀就跑了。我想象得到那些会心的笑容，他们也感受得到那些刀恣意驰骋在柳林中学高档课桌椅上的痛快淋漓，比发年终奖金还要鼓舞人心。

不辱使命，就是在开学第二天的半夜，我召集人马撬开了一家文具店。满载而归。

相比之下，你的求学历程就一帆风顺多了。从柳林附小直升入柳林中学初中部，中考的分数连上个技校都困难，靠着你家的关系网，不费力就升了柳林中学高中部，还不害臊地挤身于重点班。

上高中第一天，你折腾来折腾去的身影一出现在我面前，我立刻就想要逃，我宁愿为你放弃学业。

你欢呼着朝我奔来，忙不迭地喊着"老同学"，我拿本书遮脸，你的爪子扯住了我的新T恤，笑个不停："呦，新衣服啊，他妈的新学期新气象嘛！"

操，我暗骂，有你在，这气象新得了吗？阴魂不散！

大扫除时，你要和我拔同一片草，提同一桶水。新同学之间互相介绍时，你一再地重复我和你的亲密关系。

当时就斩断了几个女生对我生出的缕缕情丝，也掐灭了几个男生因你燃起的爱的火焰。

6

你注视着黑板上的高考倒计时，叹了几口气。同学们都不乐意去管顾你，你就把目光对着我。我只好陪你叹上个一两口，你愈发哀愁地又叹了一口。

整个教室好像只有我和你还活着，还有几口气，搞得我也哀愁起来。

你问我："喂，打算上哪里接受高等教育啊？北大的校长给你打电话了吧，他们不是为你特设了'抬杠系'吗？肯定免试录取你啊。妈的，你小子，抬杠这绝活还不是老娘一手调教的。"

我说："人家北大说了，聘请您当'抬杠'专业的教授，以后还得麻烦您多栽培我。"

"客气，客气！"

"应该，应该！"

正寒暄中，班长一颗粉笔头扔到我脑门，警告着我们："安静，安静！"

不知从什么时候起，他得到了班主任的真传，每扔每中，在抽屉里备下了一盒的粉笔头，专门对付我们这样的败类。

你朝他砸去本书，你说："四眼田鸡，有本事把你那武器朝我扔过来啊，净欺负弱小！"

他双手夹住你砸过去的书，说

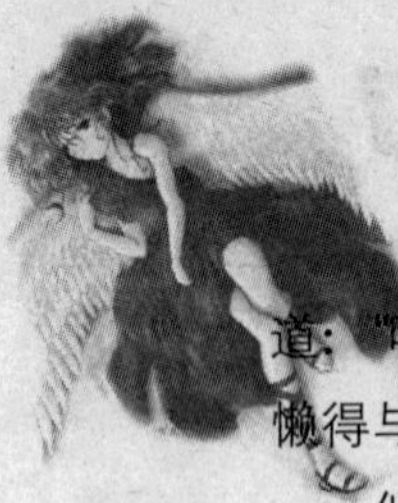

道："呵呵，你再练几年吧。我倒想修理你，但好男不跟女斗，我懒得与你计较。"

他把书抛向你的课桌，它稳稳地下降在桌面上。

你嘴角浮上一丝微笑，沉沉地说："有劳！"

他加大了分贝："闭嘴！"

整个高中时代能和你较量几番，又胜多输少的，就是这位班长大人了。

7

对我们这所封闭式管理的学校来说，周末就是学生们的狂欢节。星期五放学后，我提着一包脏衣服，推着自行车往家走，情绪还算不错。天上的云朵豆腐脑一样翻滚着，引起我肚子的抗议，也来回翻滚着。大概我的胃真的不太好，就想起了你说我胃动力不好的话。

你果然就出现了，在我想到你的瞬间。

你坐在一个男人的摩托车上，经过我身边的时候吹了个口哨。

你又要去哪里鬼混，他是你的新宠？或者你是他的新宠？

你那样子真他妈骚包！换男人比换衣服还勤快！前几天那个"耐看"的高一小男生呢？嫌他不够成熟吗？我真为他抱不屈。

我回家吃了晚饭，洗了澡，接到英语老师的电话。

"来我家，我给你补习英语。"她柔声说着。

华灯初上的大街，人影重重。再过一个十字路口就是英语老师——那个小寡妇居住的小区了。

红衾翠减

1

有些事情，我打算永远都不和你说。

然而时至今日，我想要说给你听，你却再也听不到。

我敲开了英语老师的房门，她穿着睡衣来开门。我们笑笑，她涂得血红的嘴唇，铺天盖地在我的脸上狂轰滥炸。我们这样的关系从高二开始，快两年了。

我是她的小情人。这是我对你刻意的隐瞒。她有很多的情人，可我是她的小情人。她说她只有一个小情人，她会好好爱惜。爱若珍宝。她叫我"baby"，还给我取了英文名字"Adam"，亚当，呵呵，她把自己当成了夏娃。可哪里有夏娃比亚当要老的，上帝不是先造的亚当吗？这个蠢女人！

我们的奸情是从她勾引我开始的。在她的办公室，一个周日午后，以辅导功课为名义，她拉上窗帘，把门反锁，脱了外套粘上我身。她穿着小小的吊带背心，饱满的乳房呼之欲出，我不禁为之精神抖擞。我附和了她的勾引，把她压倒在办公桌上。我们做爱，她的呻吟很悦耳，跟她朗读英语课文一样，莺歌燕语。她发现我技艺纯熟得不像处男，有点惊讶。

我说："你这只愚蠢的老母狗，我不是处男不是更好吗？省得你埋怨我什么都不懂。"

女人真是贱东西，她笑着又要来勾引我。一波未平，一波又起。

我难以抗拒她的吻，她的嘴唇并不漂亮，可是她的吻细密而柔软，能触醒我那不算敏感的神经。她将传说中少妇的风情和寡

069

妇的多情聚集于一身。她也曾令我着迷，比起那些未发育成熟的少女，她另有一番滋味。况且把自己的老师压在身下，那感觉不亚于开了辆劳斯来斯在旷野上疾弛，这刺激怎一个"爽"字了得？

在这样星期五的夜晚，我和她躺在大床上。她给我看她已故丈夫的照片，很高大的男人，是个人民警察，和人民教师一样高尚的职业。他猝死于一场暴病。

她讲他们的故事给我听，我听得要瞌睡。她弄醒我，求我听下去。

他们是通过相亲的途径认识的，很快就对上了眼。他请她吃饭，送了几回花。她认为他老实可靠，是结婚的好对象。于是他们仓促结合，婚后生活恩爱美满。

她说火葬场的设备那么差，烧得浓烟滚滚，她闻得到他的肉焦味，很臭，她吐得翻江倒海。她捧着他的骨灰盒，还是在吐。吐得眼泪都流不出来，干涸地呼喊了几声。人人都为她的薄情感叹，说她在不久的将来就会找男人。只是没想到，她比他们预料地还要骚，连自己的学生也要搞。

她还说死人的肚子上脂肪若太多，就比较难烧，烧炉的工人就拿铲子往没有烧透的死人的肚子上戳啊戳啊，戳烂了再塞进去烧。幸好他没有将军肚。

我却看得出，她是很爱他的，至少她爱那段有他存在的过往。

我问："你为什么不为他守身如玉呢？"

她"哧哧"地笑着，说："我为什么要为他守？谁给我立贞洁牌坊？拿牌坊压着我啊，不如被你压着舒服呢。"

她点根烟，放一张《情人》的VCD来看，片中有梁家辉的出彩演绎，脱得精光精光的，两个屁股蛋上下齐摆。说实话，寡妇看这样的东西，难免要心律失调。

我穿衣服要走，她忽然从我背后抱住我，"Oh，my baby！我怕

你有天会恨我，你到死都要恨我！"

　　我转身抚摩她的脸庞，安慰她："怎么会？我不会的。"我想告诉她若没爱就没恨，但终究没能说出口。

　　她央求着："陪我看完这张碟，好吗？"

　　我说："太晚了，我要回家了。"其实我怕她看了那片子，又要发情。我没有力气了，除非外擦几滴印度神油，内服一颗伟哥。

　　我说："你早点睡觉，眼角都有那么多鱼尾纹了。"

　　她圆睁杏眼要扯平纹路，可那眼睛如同破抹布上的两个窟窿，她老到了不可抑制的地步。

2

我从她家里出来，把车子骑得飞快，要驱散她留在我身上的味道，香水味和女人下体的汁液味。

到民生巷口的时候，我被一帮人截住，为首的是人妖。

我一个人，他们起码有 20 个人。我赤手空拳，他们用废报纸包着砍刀。

我说："妖姐，散步啊。"

几个混混上来把我压倒在墙上，我不吭声。她劈头给我一记耳光："等你等得好辛苦啊。"他们砸烂我的车子，把我带到河边。

不到半个小时，你出现了，身边是那骑摩托车的男人。你越过小混混们，躲闪着他们手中已从报纸里钻出来的砍刀，河边的碎石块让你蹒跚难行，你脱了高跟鞋准备赤脚朝我跑来。

我扭过头不看你，我知道又是你连累了我。

那男人拉住你，不让你再靠近我，把你搂在他胸口。你小鸡一样惶恐地颤抖着，喊着我的名字，我没有答应你。真是恭喜你，能找到这样的猛男，不知他在你那庞大的男朋友队伍里排名第几。

人妖傲慢地笑着，她说："哈哈，怎么都不肯露面的大小姐，一听说这穷小子落在我手里，就火箭炮一样发射过来了。怎么，你旁边的这位是谁啊？最好不要凑热闹，哪里来的就滚哪里去！"

猛男看上去也不是好对付的主，秀出膀子上纹着的一条青龙，还亮出额头上一条长疤痕。他说自己是刚放出来的，不在乎再进去个一两回，刚好怀怀旧。他自称当年的江湖大号为"过江龙"。

人妖的走狗们围着他，三两下就把你从他怀里拉出来了。后来就听到他闷雷一样的叫喊声。难怪会有坐监的经历，估计是混得不得志，他主动去投的案，牢里至少管饭，保命。

你求人妖千万不要动刀，你见不得流血的场面。你不是很喜欢血吗？连"9·11"死了那么多人你都不动恻隐之心，现在要弄死一两个人你就害怕了？难受了？

她抱着你，尽量像一个男人抱女人那样抱着你。她还吻着你的鬓角，双手在你后背上摸索着，又移动到你前胸。你不拒绝，身体抖动得似枝头的熟苹果，熟到烂了。

我默默闭着眼，初秋的河水泛着寒意，漫过我的脚背。我的手脚都被绳子捆绑着，硬石块抵得我浑身酸疼。

在你们缠绵片刻后，你过来给我解绳子，解得很慢，一边检查着我身上有没有伤口。我什么都顾不上了，等绳子一松开，我拉着你的手就死命跑。

你松开我的手，惯性让你趴倒在那些石块上，你抬起头说："没有用的，你走吧，她再不会找你麻烦了。"

你又说："是我自己作下的孽，害你受苦。"

我蹲下来扶你，人妖推开我。她竟然有那么大的力气横抱起你，不枉在乡下种过田，挑过大便。你冲我笑笑，你说："快回家了，都挺晚的了。"

她横抱着你，在大帮走狗的簇拥下，渐渐远去。她哼唱着一首变了调的情歌，你的笑声响彻长空。

你的恋爱游戏出了事故，而游戏之外的我，你口中的知己和哥儿们，为你的破恋爱差点被人砍。你又急匆匆地跑来营救我，弄得像是为了我去和人妖苟合。苟合，我看是"狗合"。

明明你亏欠了我，还要变成我的不安。更糟糕的是我还要送你的那条什么"过江龙"还是"过江虫"去医院。

这残局，还要我来收拾？

3

当我重新回到民生巷口，那破碎的自行车早没了踪影，拣破烂的还真他妈勤快。一股怒火冲向我脑门，我狂奔至人妖那24小时营业的网吧。

横冲直撞的我踢开她的休息室，你穿着玫瑰红的吊带睡裙在床上看书，额头上有块淤青，是摔在石块上碰的。人妖不在，她的两只走狗过来拉我。你用眼神示意我走，我倔强地和他们扭打在一起。你呵斥他们住手，哀求我离开。

你歇斯底里地叫着，我踹开那两只走狗，一定要拉了你跑。我们跑过一排排电脑，走狗们从后面追来，他们招呼前台的保安拦住我们。保安有四个，一下就揪住了我，你去咬他们的手臂，你的拖鞋一只甩到一台电脑上，另一只甩到一个人的脑袋上。你睡裙的一根吊带垮下来，露出你雪白的肩膀。

所有上网的人都停下来看着我们，我们活像被抓了现形的奸夫淫妇。直到你被两只走狗拖进休息室，我被关进卫生间，网吧里才平息下来。

休息室和卫生间是挨着的，我爬上窗台沿外墙跨个一步就出现在你面前。

你抱着头一副懊恼的样子，你说："我的亲哥哥啊，你让我说什么好啊？"

我从窗台上跳下来，我说："我们跑，我要带你跑。"

你说你的手机、钱、衣服和鞋子都被人妖藏起来了，你全身只有这样一条睡裙，拖鞋都踢飞了。

80后青春祭文小说

我说我不管。你"嘘"声连连，要我压低声音说话，你说："人妖过会儿就要回来了啊。"

你要我沿着窗户外边的管道爬下楼，你说："二楼是摔不死人的，总比等人妖回来挨揍要好。"

你推我，我不动，你一使劲就伏到了我胸前。你的温度透过薄薄的丝绸睡裙传了来，我感受到一种暖润的熨贴。可我的双手一直垂在自己的身侧，老实得不应该。

我说："一起跑。"

你昂头，你的嘴唇离我只有五六厘米。你的喘息急促而莽撞地骚动着我的耳垂。你玩什么啊，自以为吹气胜兰啊！

我慌张地后退了几步，你一个趔趄后站住了，你说："我挺爱人妖的。"你笑着把长头发扎在脑后，给我一个背面，直直得站立着。

我说："好，我三秒钟内会消失在你面前。"我爬上窗台，顿了顿："贱货，我们绝交。"

你点着头，马尾辫随之摆动着，你没有转过脸。你说："痞子，我们绝交。"

我向往已久的和你绝交的心愿终于实现。能摆脱你，我该谢谢上天保佑，去寺庙给各路神仙烧几把香。我太兴奋了，从管道往下爬，爬到一半的时候摔了个狗啃泥，我问候了几句管道它娘，你的影子在窗口闪了闪，又不见了。我看了眼那个灯光昏黄的窗口，拍了拍屁股，吹着欢快的口哨溜之大吉。想到一会儿人妖回来，她和你在那窗口后面少不了又是一番缠绵，我忍不住颤抖了一下，往地上淬了口吐沫。

4

已经凌晨，街道两侧的霓虹灯闪了一夜的光芒，在黑云渐渐散去、天空露出鱼肚白的时候，霓虹灯们停止了工作。天与地有着同样的青灰色，连成一片巨大的污浊。一些恶作剧的家伙将垃圾桶排成一行，整齐地横放在街道上。他们吹着轻快的口哨，扔给路旁的我一支烟，是点了火的。

其中几个衣着大胆的女孩子一直朝我笑，一个穿露脐装的女孩子过来敲我的脑袋，她问我："大哥啊，一大早在乘凉啊？郁闷吗？呵呵。"

我拉她的手，笑嘻嘻地说："你陪我呗！"

她满身的酒气，长了双很像你的媚眼。柳斋，你堕落成功了，和这种小太妹没什么两样了。

几个男孩子过来拉她，说道："妈妈的，你又发浪了！别丢人了，快撤！"

她抽开手，和他们扭作一团。接着，他们越走越远，终于消失在我的视线里，消失在白昼即将来临的城市。一群像幽灵一样存活的年轻人，我和他们是相同的。

我抽着烟，明显感到气温已下降，有秋天凉爽的气息了。

红衰翠减，望秋先零，一叶而知秋，疾风扫秋叶。

天凉好个秋。

5

利用周末我和民生巷几个混混偷了十几辆自行车，卖了钱后我请他们撮了一顿，我还用剩下的钱去买了辆新车。

周日回学校上晚自修，你看了两节课的言情小说后，伸了个懒腰就出了教室。我们没有一个眼神的对视，更没有对过话。

我差点忘记了，原来我们已经绝交。

你记性真好。

我独自溜出学校去电玩厅玩不倒翁，把身上的钱兑换成硬币，大把地投进去，输到身无分文。上衣口袋里的饭卡让我安心，起码不会饿肚子。我折回学校，翻墙，将近夜里12点。

那个晚上，你没有回寝室睡觉。值勤的老师查房，手电筒照到你空荡荡的床铺。你群众基础不好，你的室友们不但没有袒护你，还揭发了你种种罪行。她们掀开你的被子，里面是脏乱的袜子和轻薄的内衣，枕头底下是半包"555"和几个打火机。

学校试图包庇你，校长在百忙中找你谈话，他允许你从寝室里搬出去。他们说你生病了，可以特殊照顾。

你果真总在上课时连连打哈欠，如旧社会害痨病吸大烟的地主婆。下课了，你就大胆地拿烟出来抽。手指头一拈住香烟，就有好几个闪着火焰的打火机递到你面前。你看也未看它们的主人，随便挑了一团火点上，妄自陶醉在烟雾里。

你对男人的殷勤也不感兴趣了。当一个人对一种事物不感兴趣了，势必是将兴趣转移到另一种事物上。女人？人妖？同性恋？这个设想让我反胃。

　　你那读高一的男朋友红着眼来找过你，揣着一盒德芙。你把盒子从七楼扔下去，拍拍他的肩膀。他的细小五官凝聚在一起，泪眼婆娑。

　　贱货，你说过他很耐看，可是为什么不多看他几眼，看看他有多爱你。你错过了这样纯真的爱，你活该得不到好男人。

　　好的东西不会属于你的。金山银山都是被败家子糟蹋完的，好男人都是被你欺侮掉的。

　　第一次模拟考，你从全班倒数第一进步到全年级倒数第一。极富特色的是你在数学试卷上画了很多鸭蛋，你说："等老师来画不如你自己动手，省得她累。"你想学达芬奇也用不着出这招，数学老师是没有艺术细胞的。你的英语作文是用中文写的，要等老师来翻译，偏又不考虑给老师减轻负担了。

　　小道消息说，你那么气定神闲，又不在乎分数，是因为你将被保送到某所重点高校。他们预备你一被保送就派代表去信访部门告学校，连代表都选出来了，差点就开始着手写材料。

6

　　我支持你，你应该被保送。听说大学里是很混乱的，越是重点大学就越混乱，越是高材生就越卑劣。让那些卑劣的家伙好好欺负你，修理你，大约你真的就被教育出来了，成了优秀的大学毕业生，乃国之栋梁，堪为人才也。如果你宽厚一点，不计较我们已经绝交，你还可以小小地拉我一把，我也是一心想为社会作贡献的有志青年。

　　我可时时善念看经，刻刻把素持斋，求得你锦绣前程。你前程无量，我便功德圆满，满心欢喜。

血光之灾

1

暗红色的幕布从两边拉开，掌声雷鸣般响起。你和我校最著名的美男子同台亮相，向全校师生致以最真挚的节日问候。

得知元旦晚会是你和他主持后，我就预料到了这晚会的档次。

你身上那件礼服红艳艳，头发还盘出花来，浓妆，骚气四散。他呢，白色燕尾服，白色脸蛋，整体造型是模仿一个剥了皮的咸鸭蛋。你们就那么站着，看着倒还养眼。一开尊口，便漏洞百出，堵也堵不住。抢词，忘词。该他说的他忘了，去抢你的话；你更干脆，把该你说该他说的统一忘掉，自创新词，玩起脱口秀。还是玩脱衣秀吧，你拿手些。

全场爆笑不断。感谢你带给大家笑声。

不过，你真的不要再登台了。你害得当晚的小品和相声都博取不到喝彩，因为观众都笑你笑到脸抽筋了，不敢轻易再笑。

你是文艺委员。你歌唱不好，高音上不去，低音下不来，不高不低的你又唱到走调。你舞跳不好，表演的是一个采蘑菇的小姑娘，硬是突破成了采石场的抡锤工。你们几个女生在舞蹈老师面前排练了一遍，那老师皱着眉头大半天不吱声。你负责任地从舞蹈队形里走出来，问她哪里需要改进。

她指着那队形，她说："好，现在这样就很好。"

你单单就是长得漂亮。文艺委员都长得漂亮，长得漂亮的却不是个个都可以胜任这职务。你占着茅坑，硬是屙不出屎。

晚会结束后，领导还和你亲切握手。你浅浅地鞠躬，回报给他们你那深深的乳沟。

2

2002年的元旦，新年第一天。人人喜不自胜，个个眉开眼笑。不管过去那一年是好是歹，这天都是喜悦的。强装的喜悦总比落落寡欢要好，至少符合这气氛。而我们，都已经是高三的学生了。一切都有了不同以往的味道，是尘埃落定的感觉。

你从学校搬出去也有些日子了，没有住家里，好像和家人闹了决裂，人妖就给你在学校附近租了房子。你们每夜狂欢，混账到极点。之前过圣诞节，你一反常态来理会我，送我卡片。我一打开，还是带音乐的，好像是《铃儿响叮当》，卡片电量太足，吵得要死。你潦草地写着几句话，要结束我们的绝交，希望能继续交下去，交到永远什么的。酸酸的话语。我人缘向来不好，这是我那天收到的惟一的卡片，原来你还是惦记着我的。我便被你感动了，几天后就去你租的房子一起喝了酒。人妖不在，你说要单独请我。

房间布置得很暧昧，随处放着烟和酒。床很大，床单是粉红色的。墙上挂着女人的裸体照片，我乍看以为是你，仔细研究了一下，你胸部应该比她大。

你指着她问我："还蛮艺术的吧？"

我说："整个房间都洋溢着艺术气息，你可以在这里接客卖肉了。"

你说："好，今天免费为你

提供服务。"

　　我拍你的脑袋："得了吧，天下没有免费的事，别害我得一身脏病！你现在又搞什么同性恋，肯定脏得要死。"

　　你笑着给我点烟倒酒，你竟然没有生气。

　　喝了多少我没有去计算，我是个百喝不醉的大酒桶。你却醉得很厉害，瘫软在沙发上说胡话。你还要吐了，叫我拿脸盘给你接着。你往脸盘里吐了烂糊的一大堆，我捏了鼻子去卫生间倒。我眼角瞄到那堆东西里有点点殷红，我拿根筷子去搅。你，吐血了。

3

贱人，你吐血了。

我蹲在卫生间里，久久无法起身。我眼睛盯着你的血，想到焚稿和葬花的那一位。你精力旺盛，身体健康，没有病没有灾，你学人家吐血做什么？

你难道是吃了番茄？那东西吃进去消化几下又吐出来，跟血也很像。

你喊我："喂，倒杯水给我啊！你掉到马桶里啦？"

敲着发麻的腿，我缓慢地站了起来。大镜子里是我蜡黄尖刻的脸，那样清晰。贱人，我们大约都要腐烂了。

我给你杯水，问道："你晚饭吃的什么？"

你愣着。然后说："番茄，番茄炒蛋啊。"

你要我扶你去床上。你合上眼之前握了握我的手，你说："不得了，你手那么烫。莫非你激动得控制不了自己？那我有危险了！你可不要趁人之危。想要的话，等我酒醒啊。"

我抽开手，"睡觉吧，你睡着了我就走。"

其实我手不烫，是你的手太冷。

我在沙发上坐定，一低头，看到地上一团面巾纸，一摊开，触目的新鲜血迹。

你骗人。

我拧开房间的床头灯，关了那盏刺眼的大吊灯。床头灯透出一种幽蓝的光芒，投映到你略显苍白的脸蛋上。你的手臂垂在床边，手指头弯曲着，好像在睡梦里还在拼命抓些什么。我想到你和人妖就在这大床上颠来倒去，玩什么断袖之癖，我也想吐了。柳斋，你的行为让我很揪心。

你睡着了，我也该走了。本来想给你拉拉被角，怕你着凉。可是我迈不动步子，不愿意靠近你，怕闻到血腥味。

还怕，怕你睡着了醒不来，一条贱命就这么呜呼。我还是快点逃离现场，省得有谋杀你的嫌疑。

4

　　我照例翻了墙进学校。宿舍里虽然熄灯了，但还是在开卧谈会，会议的主题都是怎么泡女人，怎么操女人。男生们都愿意把个人的宝贵经验拿出来给大家分享，借以提高自己在情场上的地位。

　　你是女人里的佼佼者，且名列榜首，公然被议论着。他们可能都想念过你发浪的模样，自慰，宣泄。原谅男人吧，原谅我们吧。下半身是我们的极乐！

　　他们把话题转移到我身上，来嗅我的衣服，找一点你的香味。他们问我今晚和你是否罗曼蒂克了一番，我闭口不答。他们胜利了，说我没有得逞，说我无能。我盖上被子倒头就睡，他们奸笑着。睡在我上铺的兄弟下床来掀我被子，非要和我探讨一下你，他很有可能想上你。多次他在上铺剧烈运动，连爽快时的声音都发了出来，影响我睡眠。

　　我推他去睡觉，他在黑暗里露出一排雪白而标志的龅牙，吐沫星子飞溅着："呵呵，不就是个烂货吗？你居然没有法子睡了她，真他妈丢脸。"

　　他是半开玩笑的，平时对我也算客气。可我的不声不响让他忽然有了挑衅的勇气。我这人，别人一"挑"，我死定"衅"。

　　一脚，两脚，一拳，两拳，他终于被我打倒。我说："够了吗？有本事你自己去睡她，不要在这里乱吼！"

　　他抹着鼻子里流出的血，惊乎着："啊，血！"

　　血，又是血！

5

很久以前，我 16 岁，有个女孩为我流过血。

在一个朋友乌烟瘴气的家里，男人们人手配备一个马子，共同欣赏 A 带。她是我的小学同学，也住在民生巷。毛发稀少，脸色发青，骨瘦如柴。缺衣少食，所以发育不良。我买个烧饼给她，她都能热泪盈眶。这也是我选她当马子的原因。

她用手掌遮脸不看那精彩的画面，可躲不过阵阵浮叫，就把头往我身上钻。我的手腕抵着她鸽蛋似的乳房，有规律地摩挲着。

她喊头疼，我扶她进个小房间，把她按在脏兮兮的床单上。他们在外面看 A 带，我们在里面真人表演。门锁是坏的，他们一推门，我和她就是现场直播了。但演得绝对没有 A 带好，手忙脚乱。她胯部的骨头太硬，弄得我很疼。我们互相把对方都弄疼了，才算完了事。彼此皆松了口气，是刚上完劳动课的感觉。

我们各自流出来的液体混合在空气里，把房间熏得腥臭。她的血落到床单上，不多的几滴，像是谁拍死过几只蚊子。我们说了点"天长地久"之类的话，她哭成个泪人，发誓要为我传宗接代。

你很是时机地推门而入，我正好在给她戴胸罩。你看了她胸部一眼，就得意了。再看了她样貌半眼，就笑了。

我说："你滚！"

你说："我滚不动，太值得我看了，也不想滚！多好看啊，情节生动而逼真啊。他们还在外面看个屁啊！来啊，大家来看！"

你，这就是你。

我和她，刚刚还沉浸在浓情蜜意里，全都被你破坏。我们遭到他们的嘲笑，说我们偷吃！偷他们的了？偷你的了？

你去她的学校找她。你神采飞扬，她噤若寒蝉。你甩手给她耳光，说她影响我的声誉。说我是柳林中学的高材生，她算哪根葱。说你是我最好的哥儿们，你见不得她勾引我。

我想揍你。打女人终究不光彩，我也担心打你会脏了我的手。能让你受打击的就只有我对她更好。我要对她好。

她没有给我机会。我带她去打架，仇人砍我，我们跑。刀落下来，她趴在我背上替我挨了一刀。流了血，没有死。她伤好后，就退学了，去一个海边城市当女工。我给她写信，问她海是什么样子。她说，没有时间去看，老板不让出厂门。后来，再无音信。

80后青春祭文小说

6

　　我失去了这个为我流了两次血的女孩子。学唱了几首感伤的流行歌曲，悲愁垂涕过几回。你扬言要为她报一刀之仇，还送了本教人怎么样从失恋、失业、失学、失身中振作起来的书给我。

　　你叫了几个人去找那个砍伤我女朋友的家伙，久找不出，后来才知道他犯了强奸罪被抓进去了。你说："没关系，就当他是因为伤害你女朋友被抓的，这样心理能平衡点。"

　　我点着头，等我醒悟过来骂了你一顿："说什么呢，我看他是因为伤害你才被抓呢！你这贱货，没做过一件好事，没说过一句人话。你找个坟墓把自己埋了算了！"

　　你说："好了，好了，把我送的书读一读，学点心灵解脱的方法吧。你太浮躁了，太经不起考验了嘛！我不怪你，你不开心就骂我几句吧。谁叫咱们关系不一般，特别得亲密呢？"

　　我几乎要喷血了，非得把你喷到外太空去不可。那里没有生灵供你涂炭的，你自己糟蹋自己去！

　　柳斋，你的名字里带个"斋"字，一定是《聊斋》的"斋"，不是"吃斋念佛"的"斋"，蒲松龄若在世，他肯定要开个专栏来写你。你可为妖，你可为鬼，你就是为不了人！

　　相信报应吗？你今天吐的血就是报应的开始。

　　折磨人，本来是你的强项。你以为什么都是你的，什么都应

当是你说了算。你就是一颗定时炸弹，你身边的人都要活得小心谨慎。你得到报应也是应该。

我说声肚子饿，你马上跑去给我买面包买牛奶。我说什么衣服好看，你马上买来送我，不管我要不要。我不要，你就当我的面恶狠狠地把衣服撕成一条条的。我说看哪个人不顺眼，你路上碰到那个人一定要吐唾沫，恶言恶语去攻击他。我说有个女孩长得不错，你就要去抓破她的脸蛋。

你们设了圈套来陷害落林，她无辜而软弱。

落林踏着水花从街的那边走过来，撑着杏红色的伞，鹅黄的短上衣，乳白的薄长裤。她小心地避开车辆，小心地不让雨水打湿美丽的妆容。然后是她上楼的声音，皮凉鞋轻声敲打木板。落林好像走得很快，又很慢。她敲门了，施仁政去开门。他一把拉过落林，所有的男孩子都上去。

落林的衣服被一件件抛在地板上，你面对一个被凌辱的同性，无一点恻隐之心。

施仁政走到你的身边，慢慢观看这一切。落林几乎是没有什么声响的，有一丝喘息，但是没有哭泣。

你在那里看着落林，随手拿着一本漫画书。落林从地上起来，倒下，又起来。落林努力地拉你的衣服，你推开她，她又拉。

你说："落林，以后安分点。"

施仁政拿出一架相机，对准几乎裸体的落林，卡擦卡擦，像拍一组风景照片。

你又说："落林，今天你一直在家里，我们可没有约你出来玩啊。"

这一场游戏，你是旁观，施仁政是主谋，行动的是那些色胆包天的男孩子们，受害的是落林。施仁政看着你，他知道自己胜利了。

他做这一切，只是因为你一句话，你说："有本事你叫人把落林轮奸了，我就当你的女人。"

你和落林都是很受关注的女孩子。年轻，漂亮，有不一样的轻狂。

那天开始，你有的是成倍的光辉，而落林，终于衰败下去。落林出现的地方，总是一片鄙夷声。

你做这一切，也只是因为我一句话——落林是个好女孩，人漂亮，心地也好。你那时候不过是个16岁的女孩子，你的狠毒和不择手段却让我心寒。

之后，我去找落林，我说："做我的女朋友吧。"

她诧异地抬头："什么？你说胡话吧？我都已经是残花败柳了。"

你跟了来，带了很多的人。你扇了落林几个耳光，你身旁的施仁政面目狰狞。我要动手打你，我已经无法容忍。

他们拉着落林，你威胁我说："你若敢打我，我就让你看场真正的黄色录象。小卒，她有什么好？你说啊？"

我说："之前没觉得落林怎么样，现在觉得她无可替代，我要定她了。怎么样？你现在不是施仁政的女朋友吗？我的事情与你何干？你们很相配啊！"

你叫喊着："小卒，你气我，你为什么要气我？你明明知道我——"

"不，我什么都不知道。你还要做出什么来，贱人，我绝对不轻饶你！"我也叫，"你和施仁政混到一起，是我预料中的事情。他的名字大气而正义，不是普通的父母能取得出来的。他和你一样，出生高干家庭。你们真是门当户对。

施仁政最大的本事是能从上课铃声响起睡到下课铃声即将响起。每当他把埋在课桌上的脑袋抬起来，用袖子去擦嘴角口水的时候，我们就开始盖上书本，准备下课。他把口水擦干净了，我们就可以把屁股抬起来了，下课铃声便立刻随之就响起。

他找来一条水蛇，在教室里活生生剥它的皮，引来女生的阵阵尖叫。他去拉女生后背上的胸罩扣子，把她们书包里的卫生巾翻出来巡回展览。他把你背起来，像一阵狂风刮遍整个教室，你尖叫着张开手臂，兴奋异常。你们在教室的角落里亲热，你坐在他的腿上傲视我。

7

落林像躲瘟疫一样躲着我，她说："小卒，你害我已经够惨。我本来就和你毫不相干，却平白招来柳斋的嫉恨。也是我自己太轻贱，以为是施仁政约我，我还打扮了一番去赴约。大概你不知道，我一直向往当施仁政的女朋友，因为他家境够好。我是没有志气的穷孩子，小卒，你那么有志气，请你不要和我这样的人交往。"

我回应不了落林这番话，如果她连施仁政这样的渣滓都能喜欢，我当然无话可说。她丢了我们穷孩子的脸面，我对她原本的歉疚居然变成了厌恶。

你观察到落林不理会我了，就跑来笼络我。

一个周末，你和施仁政买了菜和酒跑到我家里聚会，再怎么样我也拉不下面子赶你们走。不多会儿，落林居然也来了。

你上前亲热地拉着她的手："落林啊，我们可等你大半天了。你看你，又漂亮了很多。"

柳斋，每次你一对别人好我就浑身发抖，你肯定又是有什么阴谋诡计。刚叫人欺侮了落林不久，就敢上去拉人家手，弄得情同姐妹似的。

施仁政拿出一个信封，塞到落林手里，他说："一点补偿，千万原谅我们，落林。"

落林收下了，朝他笑。

好一副冰释前嫌的感人场面。要是世界上的受害者和害人者都能这样互相宽容，警察和法官非得失业不可。

你看着我，不说话，眼神闪闪烁烁，笑容诡异。你建议吃完饭大家去看电影，我推说有事，死也不去。你表示我要不去你们都不去，说大家一起陪落林散散心也是好的。

落林几乎热泪滚滚，一定要和你义结金兰。我不想再扫你们的兴，也想看看你究竟在玩什么花招。

电影院里。你坐在我和施仁政中间，落林坐在施仁政旁边。开场不到五分钟，你就要我陪你去上厕所。你在黑暗里眨着眼，要我明白你的用意。

我们逃离了电影院，你一直笑个不停。你说："呵呵，撮合一对狗男女还真他妈不容易！"

我也笑了起来，心里竟是很久没有的痛快感。我想起了什么，我问："那狗男人不是你男朋友吗？"

你反问我："那狗女人你还说过她心地善良呢，你真对她有好感？"

我们潜伏在电影院附近，散场时看到施仁政和落林相拥着走出来，浓情而甜蜜。我们一路跟踪他们，直到他们走进了一家旅店。

如释重负的我们咆哮而行，指天骂地，尽力地模仿着失恋的伤心男女。跑过一座天桥，你扶着栏杆把半个身子探出去，大叫着："我失恋啊，痛苦啊！你推我一把，帮帮忙啊，大哥！"

我被你逗得捧腹大笑，伸手去推你。你一个反转身，以最快的速度抓住我的手，把身体贴到我怀里。你的腰肢抵在栏杆上，一只手抓住我的左臂不放松，一只手抓我的右臂去搂你的肩膀。我用力地挣脱你，和你保持应该有的距离。

你低声问我："小卒，我们不要绝交好不好？"

我一时无法回答。透过苍茫的夜色，我看到你委屈的神情，你的泪水一颗颗落下来。

　　我缓缓抬起手往你脸颊移动，但终究垂了下来。我说："不要哭了，我们还是朋友。"

　　你说："小卒，我有点冷，你搂着我，好吗?"

　　我摇头。

　　你说："就搂一下，10秒钟，就10秒钟!"

　　我轻轻搂住你，你满足地伸展双手来缠住我的腰。我们一起数着："10，9，8，7，6，……"

　　数完了，你始终没松开我，你说："刚才是练习，不算的，现在才正式开始呢! 来，一起数!"

　　我推开你，我说："记住，柳斋，我们是朋友。"

　　你捂着脸，泪水从你的指间溢出来。我俯身看着黑雾升腾的江水，忽然有一种那个年纪不该有的惆怅。那年，你16岁，我17岁。

8

你一直折磨着我身边的人，我前世应该是欠了你太多。你让她们流的血，你今天流的血，一点点在我面前泼洒着。我的噩梦里全是血，淹没我，吞食我，扼杀我。

半夜被这噩梦惊醒后，一身冷汗的我起床上了次厕所。瓷砖太滑，摔得我"哇哇"乱叫。回到床上，便听到了上铺那兄弟清晰地说着："报应！"

我问他："今天你手淫了吗？"

他把牙齿咬得很响，却没有下床来和我再打一场，我倒是很想找个人来解气。

我躺上了床，但是怎么也无法入睡，开始东想西想，脑子发涨，眼前是血的颜色，大片大片的鲜红压迫着我的神经。

甚至，我居然有点想家了。我的家,破砖烂瓦堆砌的家，里面住着一堆最卑微的人，他们居然是我的亲人。我如同一个恋家的小女生一样，独自在这黑夜里哀伤到难以自持。

天人间隔

1

没想到的是，你的报应来得那么快。你未来得及离开柳城就先离开了人世，于你来说，只要是离开，去哪里你都能幸福。

你死于2002年7月，天气炎热。你的尸体不完整，裂碎成了肉块，东零西落。在你之前那几个跳楼成功的都是爬上一座烂尾楼，然后展翅高飞，"砰"地落地。弄得烂尾楼也有了用处。你偏要去市中心的一座办公楼，你的鞋跟铛铛，和office小姐一样去挤电梯。人太多，你等了很久才挤上一班。在电梯里，有个男人摸了你屁股，你对他笑笑，把他的手握住，问他贵姓。他汗如雨下。后来他在围观的人群里出现，看到你破碎的尸体，你的脑袋歪斜一边，七孔流血，眼睛没有闭上，直视人群。他挠着那只摸过你屁股的手顿时奇痒难当。

我们曾经讨论过死，总结过很多死法。你说要么就死在床上，和男人做爱，一直做到死。我怕你累死了一打男人，你倒还活着。你说死相总不要太难看吧，自杀吃安眠药是首选。你还说死了不能仓促地火葬或者土葬，怕没有死透，反被烧死和憋死。没想到，你是死无全尸的。还要麻烦殡仪馆的美容师拼接起你的身体，擦干你的血迹。你不用担心你死不透，很少听到从15楼坠下来，还留有一口气的幸运儿。除非你是蜘蛛女侠！

那天，很热。我接到预料中的录取通知书，北方的一所大学，只比北大差一点，少了个未名湖。惊动了整条巷子的人，要来给我庆祝。然后班长打来电话祝贺了我几句，仓促地挂了。好半天后他又打来电话："凑点钱，凑点钱买个花圈。"

我说:"怎么,谁死得那么不凑巧,我口袋干净着呢。"

他哽咽着说:"是柳斋。自杀,跳楼。"

班长继而发出撕扯的哭声,完全不该发自一个如他这样坚强的男子汉。他又说:"大家好不容易熬到毕业了,柳斋却走了,连个招呼都不打。我还没有好好修理她呢,那么坏的一个捣乱分子,一天到晚就是折腾人。现在又要弄一出自杀来折腾我们,你说她坏不坏?"

我放下话筒,没有表情,麻木到极点。不一会儿班长又来电话,他说:"我知道你难受,难受就哭吧。"

我冲话筒吼了一声:"你他妈的!"我几乎把电话都摔破了。

而我,没有一滴眼泪,所有液体化为汗水滑落下来,我手里捏着的通知书变得潮乎乎的。我把电风扇调到最大风力,任凭它吹得我头疼。烟燃到尽头了,烫伤了我的指头。我把身体平摊在凉席上,如同刚出蒸笼的糍粑。我想睡觉了,于是闭上双眼。闭上又张开,盯着糊着废报纸的天花板,它压下来,压下来,我就要和它融为一体了。一只壁虎探头探脑,从天花板爬到窗台。见我没有伤害它的意思,它就爬到我床边,替我捕捉蚊虫。这世间到底还是有那么多比人卑微的生命,它们活着,苟且偷生。偏是人,要去寻死。

2

傍晚下了场暴风雨，地坼天崩。雨帘覆盖了整个柳城，冲洗着你残留的血迹。城市新闻的主持人和往日一样和蔼，我等他报你的死讯——某19岁少女跳楼身亡。久等不播，后来才知道，你的家人买通了柳城所有的新闻媒体，不能让你死得太张扬。你丢着他们的脸面，一丢19年，到了头，你妄想用你的死来撕破他们的脸皮，你又失败了。

响应丧事从俭的号召，他们把你的葬礼办得很简单，一个乡野村姑死了，也要敲锣打鼓外加些痛哭流涕，你死了，连哭声都少有。我们这些你的同学也很吝啬，抬了个花圈就来参加你的葬礼。大家都是有文化的，全都唯物主义得很，人都死了，烧个几百万给你也白搭。我挤在人群里，听着某个你的长辈给你致悼词。他把你夸上了天，说你乖巧、单纯、聪慧、美丽、孝顺，只恨天妒红颜。你是千古流芳的，你是天下无双的。

你进了一个炉子，你成了灰。人散去，散到四面八方。

一个女人去抢你的骨灰盒，哭天喊地。她的左唇边也长着红痣，尖下巴，白到泛青了的脸色另人悚然。她的裤腿被泥水弄脏，头发蓬乱着。他们去拉她，她踢着，揣着，吼着，叫着。

"小斋，小斋。"她

这样叫你。

　　我没有猜错的话，她就是你那得了失心疯的表姐柳念。她是不请自来，你的家人早不欢迎她。你的外婆，我第一次见到这传说中的老太婆。有两个人搀着她，给她撑把黑色大伞。她的黑缎唐装宽大无比，让她显得伟岸而不可接近。

　　一个女人过去抱柳念，女人的双肩抖动不止，这位肯定是柳念的妈。柳念忽然转身，狠命地往那老太婆脸上掷去一团烂泥。老太婆的随从用伞一挡，烂泥糊在伞面上，一滴滴泥水落回地面。

3

我一眼望进灵堂里去，你的黑白遗照赫然在目。你看到为你流泪的柳念了吗？她活着，她疯了她还活着；你正常，你正常却要去走绝路。

你要死，你却不通知我，我会帮你的。你应该在楼顶上逗留半个小时左右，我在楼底下帮你吆喝人群："来啊，看跳楼啊。"记者来了，119来了，120来了，110也来了，谈判专家也来了。他们和你说话，迂回到你身后，企图挽救你。你要说话，告诉他们你为什么要死。你的轰轰烈烈哪里去了，怎么可以一到楼顶就直接跳下来呢，怎么可以这样低调！

你既然选了市中心的高档办公楼，就得自杀得有品位一点。太平淡了，太让我失望。

人妖给你买了很多只花圈，花团锦簇。她默默地拍了下我肩膀。我握握她的手，我说："妖姐，来啦？"

她的喉结动了动，泪水溢到眼角。她说："小子，咱们男人不能哭，对吧？"

我说："你是女人，妖姐，你可以哭。"

只几秒钟，她便哭得水漫金山，还把鼻涕往我衣服上蹭。她不像女人的时候很讨人厌，像女人了却更糟糕。

你的死，还是有点杀伤力的。

4

　　我忽然想说说在你短暂生命中这个对你一片痴心的"女人"——人妖。

　　你和人妖的恋爱关系确立在你高中阶段。人妖当时在柳城已经是个赫赫有名的风云人物，据说黑白两道都有她的朋友，她的关系网撒得很广，几乎无所不能。她跟《古惑仔》里的十三妹学习，造型、性格、嗜好都向十三妹看齐。白天在自己的网吧里叼根烟闲坐着，挣点还算干净的钱；晚上和传说中真正的黑社会老大碰头，进行军火和毒品交易，还插手拐卖人口，四处寻觅良家女子，把她们输送到外地卖肉。谁要惹到她，她就会放火烧谁的屋子。屋子里的人她这样处理：男人送到屠宰场，杀了，卖他们的器官。女的只要还能接客的，她就把她们送到外地去，最远的竟然能送到台湾的窑子里去。不能接客的女人就跟男人一样处理。但女人的腰子没有男人的好卖，就卖到饭店去，和猪腰子一个价。

　　我怎么看她，她都不像是这样伟大的女性，她脚丫子上的泥土都没洗干净呢，多典型一个农村姑娘。你说你将进一步去调查取证，把人妖研究个透，必要时你要铲除这个女魔头，随时准备着为净化柳城而献身。我想你是有私心的，你根本不是那么有正义感的人。如果人妖真是个厉害的人物，你可能要求她把你卖到台湾去，毕竟那里有你喜欢的庞大的偶像队伍。

　　没曾想，你真的在调查取证的过程里献了身，当上了她的女朋友。我为你担心了好一阵子，伴君如伴虎，哪天你得罪了她，非得付出惨重的代价。难保你的家人会受苦，连我也要被你株连。

我劝了你一回，叫你悬崖勒马，你叹息着，你说一种强烈的使命感已经让你无法从人妖的犯罪集团里出逃了，你要继续做女卧底，还人民一个公道。你还说为了人民的安居乐业，你吃点苦不算什么。我听着你慷慨激昂的言辞，对你不禁另眼相看起来。

多年后，我才明白你为什么一直和人妖纠缠在一起。你吸上海洛因了，而她能帮你搞到那玩意儿。她是靠运送毒品发家的，一个小毒品贩子。传言也不是空穴来风，至少她真的不是个善主。她这样的奇怪长相，不男不女，又没有文化，没有特长，也许除了帮人家传送毒品，她再无生财之道。她的上级倒是个真的毒品贩子，手把手把本领传给她，最终选择隐退江湖。那上级也是个长得难看的女人，本事却很大。人妖后来把这些告诉我的时候，她本身也是江湖之外的人了，说得轻松极了。

我说："你们都不容易。"

她笑道："谁容易啊，女人都不容易。好看也好，难看也好，女人就这贱命。不过男人也难做，看我那老公，能下决心娶我，该是多为难了他。连我自己都不相信世界上会出现个要娶我的男人，一心只想去做变性手术。呵呵，得了，最后还是本分做女人。我老公说了，等我生了孩子，我就能长开了，有女人味了。"

5

不过，人妖是真的爱你。

吸毒这恶习是她教会你的，为这个她在我面前痛哭不止。你当时在读高三，总说自己苦闷难当，不知怎么才能化解。天真的她弄了一点点海洛因给你品尝，她自己也没吸过，只知道这是个能让人忘却烦恼的好东西。你上瘾了，她傻眼了。她也不是生产毒品的，只是个小贩，卖这个她挣钱，买这个她就吃不消了。她纵容你，不能眼睁睁看你难受，宁肯为你倾家荡产，也要供应你吸毒。

你们制定过好些戒毒的方案，全都因为她的心软而终止。她把你绑起来，你拼力挣扎，哀求她，发誓要和她相守一生。她马上就放了你，给你粉。她是个有自知之明的人，没有什么可以吸引你来爱她，只有拼命对你好。

你们蜷缩在一张床上，刚刚吸完海洛因的你飘飘欲仙，胡言乱语。你说日子其实是很爽的，生活其实是很美好的。人妖附和你，她说你们能白头到老。你狂笑着，你说要给她绿帽子戴。她闹着别扭，转头不理会你。你说没什么，你爱的那个男人并不爱你，你是一相情愿的。她追问那个男人的姓名，要杀人灭口，以绝后患。

你说："杀吧，我授权给你，你去杀。我早想杀他了，没下得去手。"

人妖一下就想到，那个该死的男人就是我，民生巷的死痞子。她"噌"地爬起来，要召集人马来灭我。

你拉她，你说道："不行，我还没有折磨够他呢。"

你是早有打算要来折磨我的。你身边对你好的有人妖，还有那些打你主意、看到你就流口水的男人。而我，的确是对你不好。即使是作为朋友，我的态度也冷漠了一点。但我怕我对你太好，你会想歪了。

人妖说她是恨我的，恨极了。她本身是注重精神恋爱的，觉得捕获你的心比捕获你的肉体要高尚许多。她宁可你和男人做爱，有性而无爱的那种鬼混，毕竟你不是个纯粹的同性恋，你还是需要男人的。而你心里就应该只有一个人的存在，那个人只有是她。换成别人，人妖无法忍受。她想也许做个变性手术你会回心转意，把爱从我身上转移到她身上。她成了男人，就多方位地来爱你，迟早能把你娶回家。

从这一点来看，人妖的智商和情商都比我想象的高。

6

记得高二放暑假那两个月，你成日和她一起，也成日把我叫来当电灯泡。

我们一起在她的网吧玩，占着两台机器，没日没夜。她殷勤地买来吃的给你，我在旁边干看着你吃，她也过意不去，总是也给我买一份。有的玩有的吃，我们乐昏了头。你提醒我多次，大意是我能免费上网，免费吃喝，完全是拜你所赐，我应该尽量对你好。我装糊涂，朝你傻笑。我打算把整个暑假都安排在人妖的网吧了，有便宜就占，呵呵，我就这么点出息。

我的QQ上全是女的，而且有三分之二都是柳城的，这样方便见面。

有时候和某个女孩子聊几句，发现她就潜伏在这个网吧里。我站起来大声喊："谁是'寂寞少女'？"

一个面红耳赤的女孩子站起来，腼腆地问："难道你是'冷血少年'？"

我一看她长得还算中上，就到她身边和她瞎侃。你来搞破坏，冒充网吧管理人员来拆散我们。

"喂，严禁在本网吧进行网友见面等不符合本网吧规定的不法行为，请保持距离。"你很严肃地警告我们。

那女孩子真厉害，她说："好吧，冷血少年，我们去外面深入交谈，加深了解，以便进一步交往。"

我乐呵呵地跟着她出去，还帮她拎包，但不忘扭头冲你很骚包地笑笑。

你一掌拍到墙上，触动了总电闸，整个网吧顿时一团漆黑。叫声不断，有人甚至叫得比难产的孕妇还要痛苦。如果他们知道你是始作俑者，非群殴你不可。

当然，你也会见见网友。你比我有手腕，把一个男人从上海哄到柳城。我们一起在车站接他，他戴着墨镜，灰色的"花花公子"T恤，白色的西装裤，很干净的一个老男人。一想到他这样干净的人要和你混到一起，被你骗财骗色，我就忍不住上前和他激动地握手。他的眼光一直落在你身上，来回地转悠，想不到你果然是网络上少见的美女。

你介绍着："这是上海的'白面书生'，我最好的网友。'书生'，这是我哥哥，最亲的哥哥哦。"

他警惕地看着我，问你："亲生哥哥?"

没等你回答，我就说："不，我是他们家拣来养的。"

他尴尬地说："对不起，我不知道你有这样坎坷的身世。"

你白了我几眼，对他说："我们家惨事太多了，先不说了，你先请我们兄妹俩吃顿饱饭吧。"

我注意到他眼睛里星光点点，他已经感动地快不行了。难怪都说上海的男人是全中国最好的，最受女性欢迎的。

他请我们到海鲜楼吃了一顿，中途人妖赶来赴宴。

白面书生问你："这又是你哥哥吗?"

你镇定地说："这是我姐姐，得了一场病，药里雄性激素太多了。以前可比我漂亮，跟张曼玉似的。"

我补充着："姐姐不是拣来的，我们家就我一个孩子是拣来的。"

你在桌子底下踢了我一脚，我疼得直叫唤。

我和人妖猛灌那男人喝酒，你在一旁怂恿。他醉了，我们送他去了小旅馆，那种连登记都不用、房间里就一张破床的小旅馆。可真委屈了他。我们三两下就摸遍了他的口袋和旅行包，得到现金3000块和一只不知真假的雷达表。银行卡我们没拿，你说做人要留点阴德，你可是个善良的好孩子。关键是你没套出他密码，我们也找不到他身份证。我本来想伸手进他内裤摸索一番，人妖说她早摸了，除了那软巴巴的玩意儿，没找到那硬乎乎的身份证。

要是那玩意儿可以拆卸自如，人妖估计就把它拆下来带回去安装到自己身上了。

从小旅馆出来，我们高兴地要抓狂了。我建议把钱分一分，你劈头打我一下，说我没有团队意识。

人妖风格高，她说："你们两个小孩拿这些钱去报个补习班不好吗? 多学点知识，那是好事情啊!"

这回轮到我和你一起打她。

她埋怨我们："你们真他妈不懂事，恨起来我把钱拿去捐希望工程! 想读书的孩子多了，没见过你们这样的破小孩!"

你反驳："没见过你这么啰嗦的，还想当男人，我看你顶多就是个碎嘴婆娘！做了变性手术也只是换汤不换药，还不如找男人嫁了。小卒，你有好几个哥哥吧？"

我忙说："都有老婆了，他们都有老婆了。"

你说："让他们离婚去！"

我举手发言："我！我没老婆——"

你和人妖朝我吐了好几口吐沫，我避之不及。

我说："我话没说完呢，我是说我没老婆也不娶妖姐。"

你笑嘻嘻地凑过来："娶我？"

我一拳挥过去："娶妖姐也不娶你。"

钱没有捐希望工程，全花在这个暑假我们三个人的吃喝玩乐上了。

一次你酒后兴起，一掌就打碎了那只手表，我心疼了半天。你拉着我去夜市，买了五只电子表，一溜全戴在我的手腕上，你说，这个是最流行的戴法。我低头看时间，简直不知道该相信哪只表。你还给人妖买了十几条男式内裤，不知道你会不会让她一次全穿完。更绝的是你跑去批发了一箱的卫生巾，估计能用到你绝经。

那是个快乐的暑假，毫无疑问。当 3000 块钱只剩下五毛钱的时候，就开学了。为了表示庆祝，人妖自己掏腰包请了我们一顿，我们说什么都要把最后那五毛钱花在她身上。你主意多，花四毛钱买了条黄瓜要给她做美容。我们带着黄瓜去感谢她整整一个暑假的照顾。路上，你把那一毛钱顺手给了个乞丐，乞丐很客气，不肯要。

你一脚踢飞他的破碗，你说："嫌少是吗？要，这一毛钱你非得要！"

他哆嗦地接过那枚硬币，我们都松了口气，钱终于是花完了。

人妖感激了一番，接过黄瓜就咬了下去。边喷口水边祝福我们在新的学期里取得进步，更上一层楼。

她真是个不太坏的坏人。要是她长得不那么抽象，我是要考虑和她发展一下的。既然她的样子已经那么惨，又看上了你，那我就只有希望你们情深意长了。

7

上课第一天，班里就倒下个女同学。她在你前排坐着，哧溜一下就扑在桌面上。你提醒她扑得太下去，把内裤花边露出来了，她竟不搭理你。好管闲事的你不死心，去拽她的短上衣，试图遮住她的春光。你拽了一下，她就软软地被你拽到地上了。

你吓得要死，尖叫着："不是我啊，不是我拽晕她的啊！"

老师和同学围过来，她口吐白沫也不像是你能拽出来的。立马送医院，全班都跟了去，是要把医院掀翻的势头。高三已经没什么新鲜事了，大家都有点兴奋和激动。

医生一看，摇着头说："又是个吞了药的，高三的吧？今天送进来三个了。"

你主动跑去交钱，给她垫医药费，心急火燎地来回跑。

我安慰你，你感慨着："多好的同学啊，哪次考试她不是敞开了让我抄啊。"

我说："得了，你们成绩差不了多少，不相信你能在她身上揩油水。"

你说："她比我好多了，她能把英文歌词默写下来呢！"

有同学搭腔："哪一首？哪一首？还真他妈看不出呢！那她自杀个屁啊！"

你很替那女同学自豪，你昂着头："字母歌！"

全体晕倒。

她被抢救过来了，你带头哭了一场，其余女同学觉得不哭不好意思，也流了些泪水。反正高三的孩子哪个不是忧愁满腹，找

115

点事情来笑很难，哭几下还不跟玩似的吗？而现在我终于明白你悲伤的原因了，那是你心里已经打算走上绝路。你自杀，只是迟早的问题。你见不得别人自杀，因为你知道活着是好的，你自己却没有办法去承受和面对活着的一切。好的东西不属于你，我说过的。

这件事情过后，你哀伤了好一阵子。人妖很是时机来关心你，时常以你姐姐的身份买了水果和香烟来学校看你。

你渐而离不开她了。

我相信你心里有个位置是装着人妖的，无关爱情，而是一种依赖，她像你的姐姐，又比你妈妈要疼爱你许多。当她搂着你，你把头乖巧地靠在她瘦弱的肩膀上时，我心里竟然有种一闪而过的疼痛。

女人和女人之间的感情，微妙而复杂。

8

有这么一张照片，是你和我的合影。

我们站在学校喷水池面前，水花抛得很高，池子里还有娇艳的荷花，红红绿绿的。我和你分得很开，我穿着白色 T 恤和牛仔裤，头发剪的很短，五官模糊，侧着身子在欣赏荷花，完全不是照片里的主角；你站得很直，穿的很正式，是一条湖蓝色的无袖及膝连衣裙，酒红色的长发披散着，紧贴脸颊，看去比我成熟许多。你笑着，唇下有一颗小红痣，你的唇色涂得和红痣差不多鲜艳，有浑然一体的和谐。看去，你是诚心要和我合影的，我却是在敷衍。或者根本就不像在合影，我和那喷水池一样，只是照片的背景。

照片是你邀请我拍的，在我们高考结束那天。

另外还有两张，一张是我们初中毕业的全班留念，一张是高中毕业的全班留念，每一张都有你和我，可每一张的我们都夹在几十个同学中间。

那个晚上，同学们相约去狂欢，庆祝高考结束。高中毕业，一面为要和喜欢的人分开而沮丧，一面为要和讨厌的人分开而雀跃。

我们喝酒，去 KTV，打牌。我直到那天才知道你吸上海洛因了。那白色的粉末让你如痴如醉，你眉眼间流露的是极度的满足感。我看着眼馋，真想求你赏我几口。你总算找到自己的理想了，有爱好了，有目标了，人生不再无味了。

你的样子看着很 "high"，摇着杯红酒，和几个不知哪里冒出来的混混在 KTV 大厅的角落里轻言软语。我回到包房，和同学抢话筒，张嘴就清唱了一首《十八摸》，女同学笑得要打我，男同学乐得要去摸她们。

从此天涯人两隔，我不相信你再有那本事跟着我去念一样的大学。

那个时候，我怎么想到你会自杀。

你可以像婊子一样活着，你可以同性恋，你可以吸毒，已经没有人愿意去指责你了。

你居然还要去自杀。

柳斋的月述（一）

1

自杀总是有原因的，后来你的姐姐把你的死推到我身上，当然，你到死都不知道你有个姐姐。那是后话了，她是和你不一样的女人，我也不太相信她居然是你的姐姐，但不相信也没有用，她的确是你的姐姐。

我需要为自己辩解一下，不愿意担那么重的罪名。但辩解没有力量，我只好转换角度来继续为自己辩护。以下的这些文字，柳斋，我代替你来写。你不介意吧？我知道你不介意的。所以，接下来的三个章节我把它们命名为《柳斋的自述》。

2

小卒，郑小卒。

我一再重复你的名字，在许多个日，许多个夜。日夜交融，汇流成河。你是日，我是夜，日与夜紧密相连，不可或缺，可是日永远碰不上夜。眼睁睁，活生生，我们来拆散我们自己，制造隔阂。后来我就忘记了，到底是我们已经被拆散，还是我们从没有交集过。

卒，占据棋盘上最卑微的地位。再加个"小"字，显得更浅薄。你看不起自己，轻视别人。你举目四望，只觉凄凉。你常常缺少一个男人的勇气。勇气和猖狂无关。你的懦弱在于你知道自己所有缺点，可你不去面对。贫穷算什么，低下算什么，你一味回避，不去改变。你注定要贫穷一生，低下一生。还会殃及你的儿孙，世世代代，永劫不复。

你随地吐痰，随地小便。你挖鼻屎，把它揩到课桌底下。你大口咀嚼食物，是饿死鬼投的胎。你在阴暗的录像厅看A带，边看边手淫。你把零花钱兑成硬币投进赌博机，它照单全收。你去偷，去抢，去打架。你靠一点小聪明，维持优异的学习成绩。

你不懂得体谅，不解人意。你不思进取。

你这孬种。

乞求你走在路上，被重型卡车撞死；乞求你在树下躲雨，被雷公劈死；乞求你和女人做爱，被她们吸干精血枯死。这种种死法都胜过你被自己窝囊死。

9

1996 年 9 月到 2002 年 7 月，我们相识将近六年。

让我先来想想 "六" 是个什么概念吧。

六，六六大顺，六神无主，六指琴魔，六小龄童，六书六艺，六亲不认。

草原六姐妹，六一儿童节。

七个小矮人增高了一个，八仙过海下岗了两位，九宫格拆离了三格，十面埋伏突围了四面。

一只青蛙四条腿，两只青蛙八条腿，三只青蛙十二条腿，以此类推，请回答：

1.六只青蛙多少条腿？

2.（附加题）多少只青蛙才有六条腿？

陈奕迅唱个《十年》能把我的眼泪哄落惹来你的嘲笑；念了小学念了初中就是完成了九年的义务教育；抗日战争抗了八年才把那些狗日的抗倒；夫妻相处七年彼此都有了痛有了痒；你和我周旋了六年却可以什么都不发生。

什么都不发生。我们怎么可以什么都不发生？

你不断和女人发生关系，我不断和男人发生关系。我们看着对方和别人发生关系，我们则没有一点关系。

我们是朋友吗？是的话，为什么我们不能好言好语，从没有坐下来畅谈过理想，各啬去安慰对方，没有宽容以待。

我们是恋人吗？是的话，为什么我们不能相依相守，从没有静下来拥抱过彼此，各啬去爱惜对方，没有温柔以对。

我们什么都不是，小卒。

123

当我意识到这一点，我的整个生命也就被打上了休止符。凝固了、停滞了。你明知跨个一步，就可以拥我入怀，你没有。我们之间从不公平。我仰头看你，脖子发酸，眼睛发红，你不曾发过一点善心。

我很美丽，身份高贵。我有许多普通女子向往的东西，所以我高傲。有得傲，为什么不傲？而在我和你的这场赌博里，我竟然输在自己的优点上。我押上全副身家，输到一无所有。小卒，你赢了。

我只有去死。

4

人和动物一样，人就是畜生！公狗和母狗你咬我啃，亲热无比。但一根骨头就足以让它们分崩离析。男人和女人你侬我侬，恩爱无疆。他们说要为对方奉献所有。人要的不是那么简单，狗的生活里食物是最重要的，人的生活并不仅仅在寻求温饱。一旦诱惑降临，男人和女人就要忘却誓言。

小卒，我渴望做一个例外的女人。我家族里的女人，一个比一个自私、毒辣。而家族里的男人，一个比一个懦弱、自卑。我想和她们不一样，可没有任何改变，我爱上的也是懦弱和自卑的男人。她们得到他们，我没有得到你。这才是惟一的区别。

我在人群里婀娜摇曳，我魔鬼的身材和慵懒的样子，我的脂粉和我的香水，它们让你忘了我年少过。只是有时你从我的脸孔上能寻到以往的痕迹，它依稀显露出清秀的面目。

我这样的女人，出众的身材和气质会掩盖我美好的面孔——灵犀的眼睛，小巧挺直的鼻梁，冬天微微发红的小鼻尖，怒愤时活泼扇动的鼻翼，宽大丰润的嘴唇，细密的唇纹如雕在古老房梁上的精致图腾。左唇边的小红痣我总是用舌头去舔，他们说有福气的人才舔得到自己脸上的痣。

连我自己都要忘记那张没有随着身体和心灵成熟与衰败的脸，它被覆上脂粉，羞于见人。那个骨肉均匀的我成了胸大臀翘，细臂细腿，细脖细腰的所谓尤物。

他们说我是尤物，但我看到的自己只是镜像和影像。我绝色的妩媚留在某个瞬间某个男人的瞳孔里，他一合眼就把我丢失了，我在他心尖上迷了路。他一直找我，我一直找出路。很多年过去了，他才明白他的心出卖了他。俯仰之间，迷失和寻找竟是我们相爱的蛛丝马迹。

5

我，柳斋，天生金贵，贵气逼人，人莫予毒。

我是家族中最不被饶恕的孩子。我从不把自己归入那个家族，我只用它来炫耀。我靠它读柳城最好的学校，放纵得像一匹野马。

外祖母说："你迟早要变成母猫。"外祖母枯槁的手猫爪子一样扑向我的脸，掐着我左唇下的小红痣，她又说："这个小东西要害你一生。"

这颗痣是我最绚烂的特征，随着年龄增长它越发红艳。小时候，外祖母用尖指甲去抠它。柳念是堂姐，先抠她；我是堂妹，后抠我。我听到她的哭声就跑了，被保姆抓回来。两个人都被抠得血乎乎的，隔阵子却复原了。决定让我们做激光除痣那年，柳念16岁，我12岁。她带我出逃，我把书包里最后一块饼干掰成两半，我们小心地舔食了。

她说："我要这颗小红痣，它长在我身上。"她告诉我有个男人喜欢这颗痣，所以喜欢了她。

我惊讶着："表姐，你谈恋爱？"

她笑着，她说："以后你也会的，动物的本能，不分贵贱。"

我们的出走产生了效用，外祖母终于妥协。

作为长孙女，柳念首先失了宠。于她而言，只是少了束缚。她很坚决搬出外祖母的大房子，去投奔她的母亲。外祖母把她父亲的遗照扔给她，像丢弃一张废纸片。她说女大不中留，她说柳念长了桃花眼，专门勾引男人，兴风作浪。

柳念的父亲是烈士，烈士的女儿就要守本分。

外祖母的眼里容不得一点灰尘，她看不惯的就是不应该的。她自己和她的子女个个相貌普通，枝蔓生长到我们这代，居然每个小孩都有些外祖父的神采。外祖父的左唇边就有颗小红痣，眉目清晰，很俊秀的男人。他活着并没有给过她什么快乐，她和他总是无端地争吵。

他想来并不爱她，她相当平庸，不过是他故交的女儿，小他16岁。他娶她是出于什么原因，她们这代人并不清楚。偶尔她会絮叨，说他靠她一直升着官。到底是谁靠着谁，也是她信口拈来的，她不是在嫁了他后也不断往上攀爬吗？

我相信她比他在乎他们的婚姻，她也在乎他，在乎到恨他，恨他不放她在心上。认定他的好长相是她的祸害，她对自己的相貌全无信心。她宁可他丑一点，或者外面的一场灾难让他退回家里，能静下来守护她。

也许她去算过卦，得知他的红痣是她不幸的根源。她肯定不敢去抠除他的红痣，她心里的他威严得像个父辈。

恨他，咬牙切齿，却把自己深陷，变成劫难般的爱情。发现他有了另外的女人，她万般恼火。

他死于一场她曾渴求的外面的灾难，车毁人亡，退回来的是他残缺的尸体。他彻底地静下来守着她了。她没有想要他死，车祸是她制造的。她以为车里只坐着他外面的女人，可是他也在。

6

这些事情没有人愿意提起，忘记越干净越好。

柳念走出那幢红顶洋房，他们也就下定决心要把她遗忘。

她去找他，那个喜欢她红痣的男人。他畏缩在破沙发上，手里的烟燃过了头。他说："事情闹大了，该停止了。"

是的，他是害怕的。她不懂得恐惧是因为她的年幼，他要承担的并非她能理解。她毫无胜算地求他跟她走，他笑容凄楚，他说："是你想错了，我对你是长辈对小辈的关怀，我只是你的钢琴老师。"

落花有意，流水无情。她以为他没有当她是个孩子，她咬破嘴唇说她已经 16 岁。

他关上房门，她在楼道里号啕大哭，整层楼的人出来看她，他的门仍然紧闭。她去敲打那薄薄的门板，那些人以为她是他犯了错来求他原谅的女学生，事实上，她真的只是个犯了错误的女学生，一个低级的错误。

与"前途"和"命运"相比，"爱情"本就是个低级的词汇。

7

三年后柳念和她母亲收到外祖母亲自写的请柬，一场婚礼，新娘是她的小姑妈，新郎是他，那个喜欢柳念唇边红痣的男人。他横抱着穿了大红色婚纱的新娘，踏着窄长的红地毯，走进那红顶洋房。这屋子里的女人都不嫁人，她们把男人"娶"回家。

他流着汗，喘着粗气，像难登大雅之堂的白痴。他平生首次穿西装，别扭地打着大红的领带。那朵写着"新郎"的胸花真多余，所有人都看得出来，最像傻瓜的那个就是新郎。新娘的头发是她有生以来弄得最出色的，听他们说是进口的假发。难怪，她以前戴的原来是国产的。这个秃顶女人，还是嫁了出去，满脸的雀斑被很巧妙地隐藏，双颊还画着两朵红晕。

他们热闹着，我溜进新房，没有脱鞋子就爬上婚床，它真大，红艳艳如梦乡的颜色。我把那高高的十几床新被子都摊开，在上面跳舞。我把粉色的蚊帐扯下来，砸碎了一盏水钻台灯。水钻把玩在手里，玲珑剔透。

柳念冲进来，我们相对数秒，都笑起来。她说："好妹妹，你把我想干的都干了。"我翻着抽屉，找出一盒避孕套，拉着她去客厅。

我径直走到新娘面前，举着一个避孕套，我说："小姨妈，这个气球送我，好吗？"

新娘的脸憋得紫红，客人们想笑都不敢笑。

柳念先笑了起来，外祖母眯着眼看她，她勇敢地望过去。

我和柳念，把这座屋子恨了个透。

8

　　小卒，我怎么样才能和你在一起？杀了你，我自杀。只有这样。

　　别怪我的狠毒，这是我家传的法宝。

柳斋的自述

（二）

1

你欠我的幸福，你准备怎么偿还？你准备怎么弥补？是的，我们没有过承诺，没有过誓言。承诺和誓言是如此苍白无力。我不需要，不需要别人给，也不需要给别人。如果你真的要，我也可以给，只是来不及了。

两列火车，往东和往西，越来越遥远。不哭，不笑，哭和笑总是不能代表最热烈的狂喜和最沉痛的狂悲。真的快乐，不用笑容；真的伤心，不用眼泪。

真的爱情，不用相守。

我懂得，小卒，我都懂得。懂得太多不见得是好事情，它让我很无知。

2

那座围着高墙的白色建筑，我在门卫登记后，就径直走了进去。在花园里，看到了柳念。她织着一条围巾，在夏天，交织着汗水去织一条羊毛线围巾，给一个她爱的男人。他不会收到她的礼物，她却坚持在编织。

她的生活里就剩下过往的片段了。我觉得她要忘记我了，她看着我，她笑容甜美。

到底，她和其他的病人是不同的。更确切来说，她是遗失了16岁之后的记忆，永远停留在16岁之前了。她只当那男人还爱她，会来接她。她仿佛不知道她的男人娶了她的小姑妈，她连他们隆重的婚礼也一并忘却了。

我紧挨着她坐下，她拿那围巾给我看，我称赞她心灵手巧。

很多病人在我们面前走来走去，蓝白相间的病号服让他们看上去天真无邪。一个女孩子蹲在我身边，要给我念首诗。我点头："好吧，慢慢念。"

她问我："你要中文诗还是英文诗，或者日文？"

我惊讶的程度你可以想象，小卒，一个精神病人在我面前卖弄文采？我，惭愧！

那女孩子抑扬顿挫地朗诵着：

这是夏日最后的玫瑰，独自绽放着；所有昔日动人的同伴，都已凋落残逝；身旁没有同类的花朵，没有半个玫瑰苞，映衬她的红润，分担她的忧愁。

　　我不会离开孤零零的你！让你单独地憔悴；既然美丽的同伴都已入眠，你也和她们一起躺着。

　　去吧！

　　为此，我好心地散放你的丽叶在花床上。那儿，也是你花园的同伴，无声无息躺着的地方。不久我也可能追随我朋友而去，当友谊渐逝，像从灿烂之爱情圈中掉落的宝石。

　　当忠诚的友人远去，所爱的人飞走，啊！谁还愿留在这荒冷的世上独自凄凉？

　　她完事了还很礼貌地鞠躬，手臂张开，要我们去拥抱她。

　　其他病人都笑起来，对此司空见惯了一般。

　　柳念轻启朱唇："The Last Rose of Summer。"

　　"什么"我说，"我可是个英盲呢。"

　　"夏日最后的玫瑰"，她偏头看我，"最后的——玫瑰。"

　　"小斋，你为什么不好好学习呢？"她忽然问。

　　她狂躁起来，在一瞬间。她甩了我一耳光。几个"白大褂"跑来，拉她。她疯狗似地摆脱他们，我呵斥他们："放开她！"

　　他们不管，他们拉她走。我追，但是被另外的人拉住。

　　"他们要带她去做什么？要对她做些什么？要这样拉？这样扯？这样凶狠？"我狂叫着。

　　那个念诗歌的女孩子笑着说："电击，比雷电都有力量。"

　　他们说："那是为病人好，作为病人家属你应该体谅。"

　　用电伤害和麻痹病人的神经系统，要让病人在那白色的世界里深陷。

　　柳念，你这辈子全完了。药物和电击一次次来进攻你已经残碎的神经，彻底摧毁你的大脑，你迟早要成为白痴。没有男人会要你的，你是一株有呼吸的猪笼草，外表艳丽，内在腐败。

3

这样一个男人，我的小姨父，柳念的小姑父，柳念的钢琴老师，柳念得不到的恋人。

秋千架上坐着我，他用力帮我摇荡，让我飘飘落落，起起浮浮。他长得真不错，白皙、斯文、干净。手指修长，双腿修长。

我唤他："姨父，停下来，我累了。"

整个花园里只有我和他，我伸手给他擦汗，去摸他的耳垂。可怜的男人，结婚都那么多年，还一直不敢正视丈母娘。他老婆生不出孩子，子宫在当处女的时候就糜烂了，被切除。在这个家，他一点点地位也没有。只是在外面，当着个博物馆副馆长，还要被戏谑是靠了老婆。他没什么可以依靠，自然靠老婆，他也没错。

"你猜，这房子这花园到最后会是谁的？"我问。

我的手顺着他的脖子往下滑。

他喘着气："别，小斋，别这样。"

我说："你到底是这个家的外人，我却不是。所以，你没有权利来阻止我做什么。这里的东西我都有份，当然，包括你，你也是这个家里的东西，一样的摆设。"

4

　　我到他办公室找他，要去参观恐龙模型。偌大的展厅只有我和他，我拉他到一座高大的模型下面，去接触他的身体。我欢快地呻吟着，他愈加陶醉。在最后的时刻，我强迫他抽离我的身体，我说："你忘记柳念了。"

　　他瘫软了，耷拉着脸，眼睛里透露的是未满足欲望的野兽所发出的光芒。

　　他拉上裤子拉链，他说："你们家的女人从没有好东西。"

　　我问："包括柳念?"

　　他的脸泛红，但语气平淡："她是一个疯子，你也是。"

　　后来他终于学会了召妓，他的老婆去抓他。抓回家，抓他到她的床上，拿高跟鞋砸他。他呼喊着，求她不要弄伤他的脸蛋，华丽的脸蛋，他的招牌菜。

　　男人，柳念为他生不如死的男人。男人也在生不如死地活着，却不是为她，他为自己。为地位，为权利。结果，地位和权利都成了他堕落的理由。

　　不值得爱，他那么轻易就被我勾引。我愿意代替她和他做爱，代替她来毁灭他。

5

夏日最后的玫瑰。

我本来要跟柳念说点什么，比如我要去死了。至少我们要有个告别仪式。

我这朵玫瑰被自己一瓣瓣地掰开，始终没有撑到最后。

小卒，我要走了。这个时候很希望你是位诗人，为我折柳送行，吟几首送别诗。我们长袖飞舞，对酒当歌，离情成曲。我说，就此拜别。你说，走好，恕不远送，后会有期。我说，不，后会无期。

瘦马西行，人影凋零，生离死别，后会无期。

花开无期，花落亦无期。

柳斋的自述（三）

1

我是残忍而自私的。没有人教过我要善良和无私，我自然也不会是个好学的孩子。

我的外祖母，吃斋念佛，请求上天的宽恕。她年轻时候罪恶深重，一手策划了一场谋杀，丈夫和丈夫的情人一并铲除。他们年轻时候的照片，他是微笑，她却紧锁眉头。当然，娶她是件轻松的事情，他把小自己 16 岁的她当孩子看；而嫁他就显得过分凝重了，他太伟岸，太威严，也太不可接近。

她讲他们生活的片段给我听，他是经常会给她夹菜的，也会在夜间起风时给她添件衣服。反而是她，不肯怎么理会他，讨好他，觉得一切理会和讨好都有失她的尊严。她毕竟是首长的独生女儿，她是含着金汤勺出生的尊贵小姐。他是她父亲的下属和朋友，她童年时候他带她去捉只鸟雀，带她去买一串冰糖葫芦，她一直哭一直闹，他总是最大限度地容忍她的无理。他们结婚后，她想得到他的温情脉脉，他却只给她相敬如宾。他们保持着无法逾越的距离，他终于有了外遇。

他死了，和他的情人一起葬身于一辆被装了炸弹的汽车里，陪他们死的还有无辜的司机。他们的孩子留了下来，一个漂亮的女婴，被送到我外祖母手里。

外祖母恨这个女婴，断定她继承了她母亲的妖媚，决意要置她于死地。外祖母给她取名叫柳继，听起来就像是柳妓。

柳继到柳家的第一天，就被外祖母用水果刀剐了左唇边的红痣。柳继越长越好看，超过了外祖母的两个亲生女儿。15 岁时，她怀孕了，是个来历不明的野种。她始终不肯说出那个男人的名字。外祖母给她灌了打胎药，关她在房间里反省。胎儿没有流失干净，柳继就打碎镜子割了手腕。血从她跨间和手腕涌出来，流了一地。她神情安详，死亡让她温暖。

该死的都已经死了，外祖母终于平和下来。她的事业也冲上了顶峰，她当上了柳城作风最历练的市长。

80后青春祭文小说

2

　　外祖母的两个女儿，大女儿高大肥胖但聪明至极，凭家族的力量和自己的勤奋，30岁就当上了柳城第一医院的妇产科主任，40岁就当了院长。她就是我的母亲柳向东，柳城有名的女强人，强悍到令所有男人畏惧，包括她的丈夫霍明。霍明是二手货，当时在她手底下干活，已经结婚，有个儿子。妇产科男医生，他憎恨这职业。她不断地启发他、教育他、培养他，一定要树立他正确的人生观和道德观。要知道，当时30岁的她还是个处女，人人以为她的婚姻生活必将一片空白，前景惨淡。

　　霍明却看好柳向东，她有背景，有前途，而且是个黄花闺女。不多久，他们混到一处。

　　我那敏锐的外祖母一知道消息，就派人请霍明来面谈。霍明第一次走进这红屋顶的小洋楼，就被这里的奢华和高雅打动，发誓要做这里的主人。谈判很顺利，他马上离婚，然后和柳向东结婚。

　　结婚后不久，他们创造了一个女儿，就是我，他们的宝贝柳斋。霍明之前的地位是在外祖母和母亲之下，有了我，他又被我欺压。我很少叫他"爸爸"，和母亲一样叫他"小明"。他总是笑容满面，来奉承我们。不否认，这三个女人里，他最爱的是我。

他一路高升，竟入了党，当上了卫生局局长。他被选为人民代表那天，我捧着花和柳向东在大会场等他。他气势不凡地在掌声和喝彩声里穿行，一到我们跟前，就又成了那个猥琐的小男人。

我们说："小明，祝贺你啊！"

他笑着说："有如此妻女，夫复何求啊！"

柳向东在霍明的引导下熟谙了男女之事，竟然也花枝招展起来。当上院长，权利在握，靠山又稳当，就开始公然收受性贿赂。时常带着小白脸去渡假，不要脸面到极点。

我对霍明说："小明，你也够能忍的。"他一脸堆笑，"宝贝女儿不许乱说，可不敢这么说！"

我恨柳向东。如果非有人要来责怪我不知羞耻，请先看看我的亲妈。

9

外祖母的二女儿柳向阳，瘦成了麻杆，秃顶，脸上长满雀斑，她上大学的时候念的是会计。外祖母见她没有做官的长相，就努力把她培养成企业家。她才大学毕业，就办了家服装加工厂，效益好得不行，工人们彻夜加工，她的钱大把大把地在银行里存着。

当然，前任市长的小女儿做买卖，谁不想去光顾？

有了钱，她却没有男人。

那时候，她最疼爱的其实是柳念。柳念的父亲死了，母亲被外祖母逼走了，身世挺惹人怜惜的。她的父亲，是我们柳家的光荣。18岁送去参军，一路当到连长。结婚了，柳念也出生了，他为救个落在粪坑里的老头淹死了。我仰慕我这位舅舅，觉得他真的正直不阿。舅妈当时还年轻美貌，外祖母担心她改嫁，就关她禁闭，阻止她参加各种交际活动。她什么东西也没带就逃到别的地方去了，至今都没敢改嫁。

柳念成了无父无母的小可怜，于是柳向阳来关心她，爱护她。她觉得在这个家里，柳念和自己是一样孤独的。

柳念要学钢琴，她就去请最好的老师。后来，柳念和柳向阳一起爱上了这个叫王韵文的钢琴教师。

王韵文心里是喜欢柳念的，也许是柳念太小，他等待得太焦急，或者是外祖母和他的一次谈判让他转移了目标。外祖母是谈判高手，女儿们的婚姻都是她用一张嘴巴谈下来的。

他决定和柳向阳结婚，他成为了我的小姨父。我尽管看不起霍明，可对这一位，我简直是唾弃。

145

柳念和柳向阳为一个男人彻底反目，以柳念的出走和柳向阳的胜利为转折，她们此后再无半句问候，形同陌路。

柳向阳结婚后不久，柳念发疯了的消息传到她耳朵里。她呆愕地坐了大半天，最后拉着我的手，还是哭起来了。她说："小念毕竟是咱自家人啊！为了个外人，我们闹不愉快，可真不值得。"我说："晚了，这话太晚了。"

她也是个凄惨的女人。结婚多年，一直没孩子。去医院检查，子宫在十几年前就糜烂萎缩了，难怪例假一年来两三次，我还白白羡慕她省事。婚前检查肯定是敷衍了事，不然这么大的毛病怎么就查不出？要么就是她那当院长的姐姐给搪塞过去了。柳向阳被切了仅剩的一点子宫，终于断子绝孙了。

王韵文的日子很不好过，连霍明也敢欺负他。他们一起打牌，没有一次不是王韵文输的。他开始嫖妓后，我们柳家更是容不下他了。

4

柳念出走后，我成了柳家惟一的孩子。我无法无天，谁都敢去招惹。他们没有跟我说过做人要善良要无私，难道真的是我悟性太差吗？

小卒，你不要嫌弃我。

论起家教，你又能比我好到哪里去？起码我们家的人个个受过高等教育，起码我们家要财有财，有权有权。你凭什么看不起我？你和最下三滥的女人混在一起，她们中有哪一个比我好看？比我高贵？她们穿的是什么，我穿的是什么？她们是吃什么长大的，我又是吃什么长大的？

你的眼睛长到哪里去了？你看不到如此迷人的柳斋就守在你身边吗？我对你那么好，而你的良心完全是被狗吃了！

想起那年古庙里的老和尚，他的话我依然清晰地记得——拼死相依。这是他给我指的明路，他要来拯救我，还我一个清净天地。既然色即是空，那生即是死。我可以明白他的良苦用心，我愿意朝他指引的方向走去。

死了，我到了奈何桥头，孟婆给我一碗汤，我要把汤碗打碎，扇她几个大嘴巴。为什么要遗忘？我要记得你。下辈子我必须托生到你

隔壁，到民生巷做个野丫头。你想要的，不就是这样一种公平吗？如果我的高贵得不到你的爱戴，我宁肯卑微。

来世我们在民生巷见了面，请你抱抱你面前这个伶俐可爱的小女孩。她的左唇边会长着一颗最动人的小红痣，它带给她好运气。她的今生再无劫难，不管前生，不顾来世，她只要和你在民生巷有一个轮回的相遇、相爱、相依。

一个轮回就好，她不贪心。

5

我很多次想杀了你。在我被人妖捆绑在床上，她要强行帮我戒毒的时候；在我和不同的男人做完爱，我睁开眼看到他们恶心的面容的时候；在我想你，在我需要你的时候。

人妖粗糙的外表下有颗细腻的心，她总能给我许多安慰。比起那些男人来，人妖是最疼我的。女人可以了解女人，女人也不会为难女人。

她第一次见到我的时候，就断定我是她的爱人。在这之前她有很多的爱人，可是她决心从此只对我一个人好。认识她那年，我才15岁。可人妖说15岁的我就已经很性感，浑身散发着"骚"味。在她的理解中，"骚"就是有女人味的意思。她说那是我与生俱来的气质，她最喜欢我左唇边的小红痣，她仰慕我的美丽。刚开始，她并不碰我，我们也只是朋友一样来往着。

不过我必须承认，她给了我完全不一样的感觉。两年后的一个夜晚，我们躺在一张大床上，我侧着身子背对她。她的手在我腰际游移，用她细长的双腿夹住我的一只腿，来回摩挲着。

我笑着说："干吗？妖姐，还真看上我了？我可不怕同性恋！"

她纤细的手臂缠绕在我脖子上，把嘴唇凑过来，柔软的舌尖长驱直入。我竟然不知所措，自问也是性经验丰富的，可面对一个女人的亲吻，我既无力抗拒也无力配合。

人妖说："亲爱的，你别动，我来，我们慢慢来。我要让你知道女人和女人做爱有多美妙。"

我软软呈大字型躺在床上，任凭她处置。该做的，能做的，所有把我自己弄得下贱的事情我都做过了。再加上个同性恋又有什么呢？我在黑暗里笑了起来。

人妖慰问我："笑什么？宝贝！"

我说："很舒服，亲爱的，你继续啊！"

那一年，我彻底成了放荡的女人，而我只是一个 17 岁的少女。对我来说，少女时代早就仓促地结束了。于是我终于明白了外祖母的话，我的小红痣会带来灾难。

柳去棋空

1

你死后的那个暑假，我无所事事。有意无意就翻出你的照片，把自己陷入回忆的僵局。

第一天到柳城中学报到，我遇到了你。那时候，你 14 岁，我 15 岁。

第一眼看到你的时候，我忍不住颤抖了一下。不是你最漂亮，而是你最古怪。正常一点的打扮，倒可以让你最漂亮。

你把校服改小了一号，裙摆改短了一寸，红色球鞋配着绿色棉袜。一个帆布大背包，登山包那样大，乌黑短发紧贴头皮，刘海剪得很长，遮前额，桃红色发夹别在耳后。你从我们身边走过，我们都盯着你。

你回过头来，你说："早啊！"

你大有倾国倾城倾倒一大片的动机，我们都很腼腆，局促不安。大家都是新同学，小心地试探着彼此，你的热情实在另人无法理解。不过所谓崇尚个性的年代，我们和你相比，倒是平庸了许多。

你在做自我介绍的时候说了一大堆，滔滔不绝。我拿出刀开始运动手指，在课桌上留我的大名。你讲到一大半了，忽然指着我，你说："同学，你很没有礼貌！很不爱公物！我说话的时候你做小动作，做小动作就算了，毁坏公物就不对了。"

我们的仇从那一刻开始结下。

我比谁都记得你的名字——柳斋。我对这两个字咬牙切齿，深恶痛绝。

2

　　我不是个宽容的人，从来不是，你也不是。

　　不过几天，你和全班同学打成一片，你也跑来讨好我。你要得个好人缘，要拥戴要声望。我偏不让你得逞，你就不惜一切要把位置换到我前面。你转头，你一个劲转头，转到我的同桌，一个特别纯情的男生都到处说他爱上你了，我仍然对你淡漠。

　　你在数学课上睡觉，我同桌拿笔捅你咯吱窝，想唤醒你这头沉睡的母狮子。你不醒，他借我的刀去捅。他一用力，你一配合，白刀子进去，那红刀子就拔不出了。白色的校服迅速被染红，你抿着嘴唇，目露凶光。老师都尖叫了，女同学吓哭好几个了，男同学要争着背你去医务室。

　　你说："你，郑小卒，你要负责任！"

　　我说："凭什么？不是我捅的！"

　　你说："那刀是你的！你要背我。"

　　我背你，反正我有的是力气。糟糕的是，你要我给你提开水。你每天打两壶开水，我就每天给你拎两壶开水，一拎两个月。你都可以打羽毛球了，都可以玩双杠了，我还得提。你在我前面昂首挺胸，我灰头土脸，跟屁虫一样，挂着两个热水瓶，正大光明地进女生宿舍。女生们掩口失笑，你还和她们打招呼，巴不得所有人来看我笑话。

　　有次提完开水，你给我一个苹果，塞到我手里，不许我拒绝。我一出女生宿舍，碰到一条大狼狗，就顺手把苹果赏给了它。它闻了闻，失望地走开。去，狗都不要的东西，你拿来施舍我！

3

柳斋，你怎么会看上我？祝英台看上梁山伯是因为他们一起睡过觉，崔莺莺看上张生是因为她寂寞难耐，七仙女看上董永是因为这放牛的小子老实好欺负。柳斋看上郑小卒，又是为什么？

好端端的同学关系，你非要弄得不单纯，还不害臊给我写情书，还在我书本里放卡片、放玫瑰、放钢笔、放电影票。你跟踪我、纠缠我、勾引我。

学校组织看电影，无论我怎么躲，你都会在我旁边。话梅、汽水、爆米花，你不间断地递给我。

一个躲，一个追；一个男，一个女。谣言四起，蜚短流长。

你不在乎："你说爱没有错啊，爱是多么伟大。"

那么多伟大的人在等你去爱，我那么卑微，你找我？

"好，好，好。"我只有说，"咱们做朋友了。"

你说："也好，先做朋友，慢慢来。"

我扶着桌子，差点没休克。

4

是她们带坏的你。她们是两姐妹，一个叫春美，一个叫春丽。双胞胎，她们的男朋友经常睡错她们。久之，也就无所谓了。反正她们什么都一样，叫床的声音都没有区别，浪得很。她们大我们两届，念初三。是我先认识她们，她们和我一个在外面混的朋友打得火热，总来我们教室找我玩。你一心以为她们是我至交，就去接近她们，寻求支援。

她们笑你，说："女孩子绝对不能矜持，要放开，放得开。开放开放，就是要放开放开。"

我们在外面看A带，你也跟着来。春美和春丽各自带男人实战演习去了，我也自备了女人，为了你不寂寞，临时给你找个男人陪聊。那男人油嘴滑舌，一个劲往你身上蹭。我让你走，你偏不。管不了，我一撒手，你就给他干了。你的处子之身，丢得不明不白，不干不净。

你整理着自己的衣服，低头看了看沙发上象征你处女身份完结的血迹，你的脸上浮着一丝笑意。我要去揍那个该死的男人，你来阻止。

你说："我应该谢谢他。小卒，现在我们一样肮脏了，我难道不该高兴吗？"

我拿个酒瓶想砸到那男人

头上，你替他挡。血水顺着你的脑门流下来，染红你的白衬衣。我横抱着你，冲到医院。你一路都在微笑，你一直重复着一句话："我们一样肮脏，我们一样肮脏……"

酸楚难当的我抛洒着泪水，用手紧紧捂着你的伤口。

伤口在头发里，看不到疤痕。你痊愈之后，性情更是张扬到极点，完全没有顾虑了。

因为你失身了，你真的对外开放了。那窗口一打开，什么东西都飞进来了。阿猫阿狗、阿三阿四，统统都在你两腿之间徘徊逗留，如一堆苍蝇。鸡蛋开了条缝，它们就被引了过来。

如果非要我说这辈子有什么愧对你的，就是这件事情了。我不该认识什么春美春丽，不该允许你走进我污浊的生活。你和她们怎么会一样呢？

5

柳斋，是我害了你。你化成厉鬼来找我吧，你来报仇吧。你应该来折磨我，你必须要让我不得好死！

我做了个梦，在电梯里，你自杀那天通往15楼平顶的电梯里。你和我，我们，就只有我们。电梯停了，灯暗下去，我们的呼吸越来越微弱。你抱着我，你说，一起死吧。我挣扎着，不，不，我不！

我不死，我怕死。有很多美味的食物我没有品尝过，有很多旖旎的风景我没有欣赏过，有很多漂亮的女人我没有拥有过，有很多……

有很多强烈的愿望没有实现过。比如，柳斋，我是说比如，比如去一个没有人认识我们的城市。远离柳城，抛弃你的高贵和我的低微。

平等地，我们从头再来。

想想这些年，我是为你打过几次架的。要是你化成厉鬼来追问我，问我这辈子为你做了些什么。我会说，"打架。"除此之外，我真的什么都做不了。你可满意这样的回答？

都说上天造每个人都是有目的的，可上天难免也有疏忽。他造你来做什么？他造我来做什么？我们简直是他的败笔之作。他造我们的时候一定是糊涂了，酒喝多了，或者肉皮发紧刚被老婆给抽了，然后胡乱地把我造出来。为了弥补损失，又抽了根我的肋骨造了你，派你来修理我。你修理完我了，任务完成了，就又被他收了回去。你上了天了，归了西了！又因为你太恶心，被弄

到地狱去了。

造了我们就算了，还把我们分配到柳成，简直是胡闹。

可记得我第一次带你去打架？

那次大约有 20 多个人，全都是十六七岁的少年，狼一般凶猛。我们分成两帮,虎视眈眈地对峙了片刻。不知道哪个不要命的喊了句:"冲啊!"我们就持刀向对方冲了过去,挥刀便砍，完全是疯了。

顿时,咒骂声、惨叫声、刀与刀相碰发出的声音响成一大片。围观的群众个个吓得呆若木鸡,可按捺不住好奇还是坚持观战。

几分钟后,一个"血人"向你那方向跑了过来,跑出 10 来米后便扑倒在地。你不解气,要去踢他。我大喊:"自己人,住手!"

可是那几个持刀追来的家伙并没有手软,而是又朝"血人"的身上猛砍几刀,挥脚朝他的脑袋踢了几下,狂嚣道:"杀了你! 杀了你!"地上的"血人"不动了。你无措地退到一边；我拉了你就跑,躲进一条小巷子。你喘着粗气,指甲都扣到我肉里了。我说:"好了,好了,安全了。"

你把随身带着的水果刀拿出来,你说:"没事,我才不怕,我的刀还没有派上用场呢。你要是受了伤,我就杀了他们!"

我问:"你? 就凭借这水果刀?"

你说:"不排除先用我的美色迷惑他们。他们一上勾,我就出刀。"

我笑得前俯后仰:"好了,把刀收起来吧。下次再也不带你出来打架了,多碍事!"

你哀求着:"下次你为我打一回,好吗? 好不好? 不是说男人为心爱的

女人打架很英雄吗?"

我说:"问题是——你不是我心爱的女人。"

你扭过头说:"那你是我心爱的人啊。"

"那你为我去打架啊。"我笑着。

"那也行啊!"你把脸涨得通红。

我不想理会你,点了根烟抽着,你把烟抢过去放到自己唇间,我又点一根。

好半天,你才小心翼翼地问:"今天会死人吗?要是死了人,你要被抓进去吗?我呢,我也要被抓进去吗?"

我说:"应该死不了吧。"

你摇着脑袋说:"不死人的话也太没有意思了。"

你的心肠真不是一般地坏。

6

　　为你打架，在你 15 岁生日。你邀请我去参加你的生日聚会，你还非用英语说成生日"怕踢"。我拧不过你，两手空空就去了你开"怕踢"的饭店。

　　我从来没有送过东西给你，请你不要怨恨。因为你拥有的太多了，我送什么都是多余。

　　你请的都是你的朋友，坐了满满一桌子。男的比女的多，那三四个女的被挤在中间，任凭男的摸过来又揉过去。看看，你请的都是些什么人！

　　喝酒，划拳，说笑，挑逗，勾引，接吻，抚摩，大家都得意地忘了形。你给我夹好菜，添好酒，大献殷勤。有个男的白了我几眼，把手指头上的关节弄得"卡卡"响，如果他可以脱了鞋子，让脚趾头也来参与，那效果肯定更好。

　　你瞄到他那蠢样子，心下就有了主意。你靠近他，朝他嘀咕了几句，又时不时地看看我。他更了不得了，想拿酒瓶砸我。

　　你连忙说："不要冲动，大家有话好好说！"

　　你那德行，还不是你在煽风点火吗？

　　我不愿意理会他，我说我要走了。

　　你在火上浇着油："小卒啊，我知道你是怎么想的，你吃醋也不要这么明显啊。"

　　我说："我吃你醋！简直——"

　　我不再说了，越抹越黑。我走了，你来追，他在拉。三个人闹到饭店的大厅，闹出饭店的大门，闹到街上。后面追来一大帮你的朋友，气势非凡。他们个个都是搬弄是非、挑拨离间的好料子，怎么肯放过这样的机会？都迫不及待要来看我们的笑话。

我问你："你到底想怎么样？你不觉得很可笑吗？"

你抬着下巴，又是那高傲的姿势："什么？你说什么？有本事你不要跑，把话给我说明白？懦夫，痞子！"

你旁边那男的在帮腔："对，懦夫，痞子！"

你看着他，只用三秒来思索，接着你做了个决定，你决定扇他一耳光。

一个脆亮的耳光后，他捂着脸不解地冷站一边。

你说："我可以骂小卒，其他人不可以，明白吗？"

我苦笑着，我说："闹大了，我是要回家了，你们继续。"

那男的满肚子苦水没有地方倒，憋屈得不得了。朝我小腿狂踢，你掏出随身的水果刀，惶惶举起。

我们皆吓了一跳。那男的可没有我这么冷静，用手去够那刀，血从他指缝渗出。你还转动刀把，要把他的掌心挖烂。

我上去拉你，他又踢我。于是我们开始打架，就这样，三个人立马扭成一根麻花。

你大呼着："小卒，救我啊！小卒，救我啊！"

你那样夸张，我却这样拼命，我只想着，那把刀不要伤到你，不要。你一定要相信，我当时并不怪你。你的虚荣和你的可悲，让我无法对你发怒，我从心底里可怜你。

柳斋，地府里可有人欺负你，你可敢去欺负别人？

要我帮忙你就吭声，我会一直在的。

可是，可是，我从没为你吃醋。

我知道，因为我知道我不需要。要是你好好活下去，我们可以做一辈子的朋友，最要好的那种。我逃脱不了你的纠缠，做朋友是我对你最后的妥协。

80后青春祭文小说

拼死相依

1

打了几次架后，你 16 岁了，我也 17 岁了。我们念初三，认识已经快三年。我摸透了你的禀性，除了和你做朋友，我别无选择。我若和你绝交，真不知道你还要做出什么。除非有天你同意这个主张，否则我还要继续充当你朋友的角色。

其实你还是个不错的朋友，至少够讲义气。上刀山下火海这种事情你也许不会为我去做，但你处处维护我，不分对错都要站在我这边。有时你也会玩忠言逆耳这一套，告诫我不要和别的女孩子过多来往。你总喜欢坦诚相对，连痛经这种事情也拿出来和我分享。在我眉头紧皱的时候，你就讲各种成人笑话给我听。

一次，我在教室里放了一个响屁，我后面的同学一下就猜到是我放的，带头笑起来，其他同学也都看着我笑开了。

你公然维护我，你说："放屁怎么了？你们都不放吗？再说，这么有震撼力的屁你们放得出吗？你们放屁难道是到厕所去脱了裤子放的吗？真没素质，你们这群人啊，白白读了那么多年书了。小卒，你放吧，想放就放，该放就放，千万别被他们吓倒了。

他们只有笑得更厉害，只有我的脸泛着青光，活像一只干煸青椒。

还有一次，隔壁班一个女孩子给我写了封信，和我谈了

一番理想和志向。你把信撕了，扔到她面前。当着她那么多同学的面，你对她说："作为一个学生，啊，学生，任务就是学习。你平白写信来勾引我们班同学，这算什么？低级，下流，简直是破坏我们学校的名声。我要是把信拿给你的老师看，拿给你的家长看，他们该是多么地痛心啊！同学啊，你应该反省了！"

你一转身，他们班的老师正盯着你看。你朝老师摆着手，你说："好了，你们内部解决吧。老师啊，你好好开导一下这位女同学，不要让她再来蛊惑我们班的高材生了。否则，这个后果，我们都担当不起啊！"

此后，再没有女同学主动来和我畅谈理想了。而那个可怜的女同学，远远看见我，她也要绕道而行。

多年来，我仿佛再找不出像你这样体贴入微的朋友了。

2

临近中考，班里的气氛紧张得可以勒死一头大象。你却不分上下课的看起了琼瑶、张小娴等名家的作品，每每抬头看我，你都是泪眼迷离，双目红肿。有男生见你这般凄凉，向你推荐了金庸和古龙。你在痴男怨女和江湖厮杀里树立了人生第一个理想，当作家。你立志要写自传，声明在自传的第一页就要写上我的大名。在自传里你将融合言情小说和武侠小说的特色，向诺贝尔文学奖冲刺。

你把这特色发挥到写作文上。你笔下勤劳善良的漂亮小保姆，她终日白裙飘飘，破抹布拿来当手绢使用，挥刀宰鸡时却面不改色心不跳，颇有一代侠女的风范。她冷峻地穿梭于你们家各个角落，把卫生清洁落到实处，侠肝义胆地为你们服务。时而她却也多愁善感，泪如雨下，相思成灾。这个人物被你塑造得丰满生动，性格多变。全文800字，也算是你洋洋洒洒一气呵成的，读起来很有玄幻小说的味道。

语文老师夸了你几句想像力丰富，从此你就傲了起来，到处说自己的爱好是阅读，特长是写作，理想是作家。

你跑去参加学校的文学社，没过几天，就颠覆了文学社一贯严肃向上的文风，男社员纷纷写诗歌盛赞你才貌双全，英勇一点的女社员写评论来攻击你，懦弱一点的女社员都闹着要退社。

3

隔壁班一个男生留下封遗书和一个书包跳了楼。说什么的都有，有人说他是被一道数学题给难住了，有人说他是被老师批评了。你的说法最有渲染力，说他为情所困。你拉着我屡屡跑到隔壁班，寻访死者生前的同学好友，要为死者讨个说法。起码要找出是哪道题目，是哪个老师或者是哪个女孩子置他于死地的。

他的死带给我们的好处是，作业变少了，老师变好了，生活变妙了。各个班积极响应给学生减轻负担的号召，以不同形式丰富我们的课余生活，组织看电影，组织慰问孤寡老人，组织野炊，组织扫大街等等。我们班最有创意，组织登山。当然登山不是最奇特的，关键看我们登的是什么山。据说山上有古庙，庙里住着个老和尚，和尚能掐会算，隔着十几米就能看穿你的前途命运，前世今生，前因后果。

有同学懒得运动，更愿意呆在家里学习。家长硬逼迫他来登山，如果他不去，他们是要背了他上山的。一定要他见上老和尚一面，把他的大官之相大将之才再确认一下。

登山前老师再三交代，见老和尚的时候一定要懂礼貌，讲文明。老师将作为代表上前跟他握手，顺便咨询一下本班的升学率。

这是本校减负运动中惟一的老师提倡、家长支持、学生欢呼的课外活动。

4

　　队伍浩浩荡荡地沿着蜿蜒的山路前行。带队老师只有一个，举着旗子在前面领路。先是一起唱了阵校园歌曲，不起劲，便改成流行金曲，又吼累了，就安静下来专心赶路。

　　你刚开始是走在比较前面领唱来着，见我一直拖拉在最后面，就跑来和我同行。你说："风雨同舟嘛，呵呵，我够哥儿们吧？"不多会儿，前面队伍有人昏倒了，你就高兴地跑去看热闹了，你说："嘿，我去看看那家伙要不要人工呼吸。"

　　我干脆坐在窄窄的山道上抽起烟来，三五根下去，抽到发昏，打起瞌睡。醒来一看，哪里还有队伍的踪影。我连逃下山去的心都有了，结果一咬牙，真的决定下山去。抬脚走几步，就听见你高亢的叫声："小卒，小卒，郑小卒——"

　　接着你的叫声变成了："救命，救命，快救命——"

　　我往声音的来处跑去，你脖子以下被淹没在一堆草丛里，双手抓着草，面朝我笑。

　　你有气无力地说："完了，一脚踏空，要掉下去了——"

　　我把你从草堆里拽上来，你伸出手给我看："瞧，手都要扒烂了。都是我来找你，心太急，不小心摔进去的。我不管，要你背我。"

　　我扒开草堆，下面竟是百米的悬崖。你也要探脑袋来看，我一把推开你。

　　我说："走，走，我们归队去。"

　　要是你摔了下去，你肯定是死。

我情不自禁地看了你几眼，你说："怎么了，感动啊？我来找你，你感动也是应该的。你要背我作为补偿，不然我不走！"

我背起你，你的身体贴着我的背脊，温暖而柔软。你的手环绕在我脖子上，是淡淡青草的味道。

你说："小卒，你对我真好！"

一股暖流往我脑门冲过来，我忽然想说："柳斋，你对我真好！"

那一刻，平和而惬意。你不喧哗、不吵闹，安静地扑在我后背，我甚至听到了你均匀的呼吸，你居然睡着了。要是你一直就这么平和，还真是个不错的姑娘。我竟对你想入非非起来，只好拼命赶路，猛猛地挥洒了一阵汗水。

5

我们赶到那小破古庙时，他们都吃了自备午餐了。你兴冲冲地要去找那老和尚，无论如何要求他给你算上一卦。好心的同学们奉劝你死心，这和尚根本就像一个哑巴，他们问什么他都不回答。

老和尚在后院的菜地里施肥，把屎啊尿啊往地里淋。你在菜地边上捂着鼻子，盯着他。我拉你走，你不肯，要以诚心打动他。

我说："你真的诚心诚意就不要捂鼻子啊！"

你真的照做，还大喊着："老方丈，小女子有事相求啊！"

我听这话耳熟得很，你又把武侠文学搬到生活里来了，这回用得还算合理。

老和尚放下工作，看看我们，摆摆手。你双手合十，深深鞠躬，弄得我也只好跟着你做，不然我显得多没文化素质。

他笑了笑，沙哑地问："前途？"

你说："姻缘。"

他说："拼死相依。"

他又开始施肥。我一头雾水，你们完全是在对暗号。

我以为你会大肆炫耀你得到老和尚的点化了，你却不动声色，沉默寡言起来。下山的时候，你几乎一声不吭。

6

柳斋，你也许真的有一颗禅心，能领会到我们所领会不到的。

在你死后多年里，我才逐渐明白"拼死相依"的含义。那个古怪的老和尚看出我们之间的纠缠，也许他知道隐藏在我们心底的种种。他说"拼死相依"是预见了我们的结局，要么死，要么生，死了才能相互依偎，活着只有无止尽的纠缠。

你选了死，你早明白他话里的玄机。你要用死让我怀念你一辈子，你要让我歉疚和伤痛。

柳斋，你到底是残忍而自私的。

天凝地闭

1

在你死之前，我目睹过另一场死亡，也是自杀，也是女人，她也很漂亮。

她是民生巷的一个穷姑娘，很幸运地攀了根高枝，和一个台湾同胞喜结良缘。她 20 岁，他 78 岁。他告老还乡，叶落归根，请她当保姆。她给他盖被子，一个不小心，把她自己也盖了进去。他保养得好，一个不小心，让她怀了孕。

当他保姆的时候，她薪水很高；当他老婆的时候，她没有薪水。倒不是他不肯给，而是他的儿女反对他给。她肚子里台湾和内地的混血儿被他们谋害了，她没有了要挟他的凭证。他们开始吵架，她拒绝给他做饭，饿了他几顿。也许是饿的，也许不是，没曾想他就这样去见了马克思。他们是有结婚证的，她要继承他的家产。他的儿女天天到民生巷来闹，要让那狐狸精不得好死。

狐狸精死在她的穷娘家，把好好的一床被单撕成两半，搓在一起就上了吊。她好像是匆匆为他去殉了情、陪了葬。他何德何能，不过是一个退了休的台湾老工人。台币换成人民币，一下就提升了他的个人魅力。

她在好几次衣锦回娘家时，郑重对我承诺过，她是要借钱给我念大学的。我怀疑她对我另有企图，一直不敢承应她的善心。谁知道她是不是先预备下我，然后专等那老头子翘辫子呢？便宜她了，刚死了个台湾老工人，就嫁个内地大学生。我当然不愿意让她得逞。有阵子，她一到巷子口，我妈就跑去巴结她，真把她当准儿媳妇了。

我三姐很看不起她，说她没有骨气。三姐自己是靠很多男人吃饭的，是付出了劳动的。而那狐狸精靠了个老头子，结果还是个死。

2

狐狸精死在 2001 年的冬天，天凝地闭。她妈唤她吃早饭，发现她吐着舌头挂在房梁上。

巷子里的女人一起哭起来，我妈哭得最大声。三姐也假惺惺掉了一回泪，得到那死人的一只 "Made in Taiwan" 的电子表。

失去了这样肯借钱给我上大学的大好人，我也怪难过的，一种有预知感的难过。或许那个时候我的预感在试图告诉我，2002 年的夏天，你也将选择逃避，拥抱死亡。而我所能接收到的信息是，我也许上不了大学，考上也是白搭。

预感得很对，我真得考上了大学，真得再找不到能借钱给我去上大学的人了。

大嫂很委屈地跟我倒了苦水，违反计划生育罚了不少钱，我那小侄子是相当于用钱买来的；也打算买房子了，都交首期款了，每个月要按揭；大哥身体不好，要定期买补品。二哥和二嫂都长时间没有露面了，盗版做得不过瘾，开始忙着搞传销。他们刚买了房子，我怎么好意思开口？况且二嫂又害了性病。三姐得了性病久未痊愈，钱都花在吃药上了，居然还跑到娘家蹭白饭。

指望他们，我是想过指望他们的。指望不上了，我爸和我妈愈加觉得对我不起。

也不怪我爸我妈。

3

柳城其实并无多少柳树，名不副实。改革开放了，得花柳病的男女多了，名倒又副了实。这是个发展中城市，城里住的人当自己是城里人，傲气得很。

便是我妈，街上遇到乡下来见世面的农村妇女，她也敢面有鄙意。什么城里人，有钱又有时间的就都该去趟上海，到那里，你们才知道什么是城市！什么是现代化！什么叫真正的看不起！

上海人连北京人都看不上，会正眼瞧你们这些从小城市过来看西洋景的人？

领导带着咱柳城人民奔啊、赶啊、修啊、拆啊，总算是弄出点规模来了。麦当劳也来了，肯德基也来了，小康后脚也跟来了嘛。

我早你 1 年出生在柳城，1982 年秋夜，滚落到民生巷 47 号的破床旧棉被上，是我妈从跨间挤压出来的最后一个产品。是老儿子。

我妈的想法很简单，要把伺候老公和生儿育女当毕生的事业来做，很典型的家庭妇女。中途想法有变，老得快掉牙了，才寻找了一点刺激，玩了把时髦的婚外恋。

我爸起初在化工厂上班，养活一大家子人。我 8 岁那年，他突发奇想要学开拖拉机，并把拥有一辆拖拉机当梦想，愿望强烈

得跟现在的人想要有辆大奔那样。只学了一次，他师傅就把自己和我爸连带着拖拉机极其悲壮地翻到山沟里。他师傅死了，他断了左腿。他师傅是自取灭亡，不遵守交通规则，死了也就罢了。我爸连拖拉机的扶手也未挨一下，还义务站在翻斗上扶着从山里运出来的木材，却损失了左腿。

他没有勇气找师傅的家属要赔偿，不算工伤，单位也不给报销医疗费。不久后，他还失业了。单位里有的是健全人士，又不是开福利院，养着残疾人做什么？

他拄着根拐杖，晃着空荡荡的半截裤腿，头发蓬乱，胡子长成了髯。他保持这一形象直到死去，也算是固执的了。

4

很多年后拖拉机被禁止在城区出现，他得知后多喝了半斤白酒，他说："最好天下所有的拖拉机都被销毁，那样才能体现社会主义的优越性。"

他从不怨谁，只怨拖拉机，只敢怨拖拉机。甚至他老婆和别人相好，他打着老婆，骂的还是拖拉机。好像和她鬼混的就是那该死的交通工具。

人家下海，他也跟风。朋友卖不掉的沙滩裤低价转给他，他老婆就苦口婆心劝民生巷的街坊邻居来买。好几个夏天，民生巷的男人们都赤膊穿同款沙滩裤出门乘凉，弄得不像示威游行也不像模特走秀，只是像极了行为艺术。男人的老婆们经常为争夺一条晾晒方位不明显的沙滩裤恶语相向，哭天喊地。真是辛苦她们。

无论怎么，这是他惟一的经商体验，小挣了一笔。他的朋友亏了，他却挣了，说起来他是有经商头脑的。

在我要快高考的时候，他让坏人钻了空子。

一个男人来修自行车，车后放着箱东西，据说是进口的神药，美国总统就指着它抵抗压力，精神焕发。男人是要把它送到某个高干家里的，那高干出 1 万块钱来买，人家急着吃啊，吃了大补啊。可是来不及了，男人要出门，自行车还要委托我爸保管呢。他很无奈地愿意低价转手给我爸，6000 块，我爸只要等那高干的秘书来拿，就能不费力地挣个 4000 块了。

"哎呀，火车要赶不上了啊。老师傅你快做决定啊，机会难得啊。"男人很焦急。

　　我爸就这样给了他 6000 块，得到那箱神药和某高干的电话号码。并答应妥善保管那男人的自行车。

　　男人前脚走，我爸后脚就觉得不对劲。追不上了，拐杖敲得地面"铮铮"响。花了 6000 块，买了箱维生素 C 和一辆破自行车。一打那电话，是屠宰场的。

　　就这样被骗了，家里再没有什么积蓄了。

　　我收集了很多骗人和被骗的故事讲给他听，他知道有人比他更愚蠢后，才舒心了一点。

　　他觉得没有钱供我上大学了，愧对我。

　　我说："其实也没有什么，几个哥哥姐姐也没有上大学，凭什么我就要去上。"

　　我妈要去找那些穷亲戚借钱，被我制止。

　　"不，我不念书了。念了那么多年，挺腻味的。"我笑着说。

　　你死的那天，就是我被那所北方大学录取的那天。参加完你的葬礼，我就做了决定，不，我不念书了。

　　柳斋，我们活着，你死；他们上学，我去打工。

　　你和我，骨子里倒都是与众不同的。

流光飞舞

1

我和你同父异母的姐姐相识于一场婚礼，2002年第一场雪落到你新坟上的时候。雪是干净的，死去后的你也是干净的。

那是我们高中英语老师的婚礼，她终究还是选择了再嫁。我是惟一收到她请柬的学生，她念在我当了她两年小情人的份上，赏我一杯喜酒喝。

在你死去半年后，去上大学的同学们陆续回家来，他们要开同学会。

我一手拿着结婚请柬，一手拿着同学会通知，我竟然也可以这样尊贵，处处要奉我为上宾。我权衡着它们的分量，选择了婚礼。去那该死的同学会，我只是他们假意安抚的对象罢了。

于是，我兴冲冲拿了100块钱去喝喜酒。英语老师的红色旗袍外面披着白色羽绒服，瑟缩着站在酒店门口迎接宾客。不知道是化了太廉价的新娘妆，还是她本来就不够好看，总之，她是很沧桑的新娘。

多年后我那当婊子的三姐嫁人，比那浪荡的寡妇体面得多。可见，婊子在很多地方比荡妇占优势。婊子嫁男人是从良，荡妇嫁男人是找个依靠继续放纵。

新郎的脸我不愿意去看，应该是更加沧桑，毕竟他承当的是垃圾收容所的任务。我觉得他是了

不起的男人。首先，她没有多少人民币；其次，她是出了名的风流小寡妇；最后，她的情人遍布我市各个社会阶层，包括我这样的小痞子，她的学生。

她一面拉了我的手，一面向新郎介绍："这是我最得意的门生Adam，当了我三年的英语课代表，多好的孩子！Adam，这是我的丈夫哦。你怎么祝贺我们呀？"

我递过礼金，我说："刘老师，新婚快乐。"

2

  然后我匆匆找了个座位，狠发毒誓要把 100 块钱吃回来。深呼吸，开动！我忽略了所处的地理位置，环境真是恶劣，一桌子全是我的高中老师。我起立，向他们逐一问好。

  他们问我："郑小卒，你不去上大学了，在哪里混饭吃呢？"

  我说："嘿，跑业务呗。"

  接着我很是时机地发放名片，请求他们给我介绍几笔业务。

  他们安慰我："没关系，你是个优秀的年轻人，干什么都可以飞黄腾达，扬名立万。努力啊，年轻人！世界是我们的，也是你们的，归根到底还是你们的嘛！"

  我笑着，我说："咱们吃吧，别光说话了。来，边吃边谈。"

  这些老师，一下讲台也是平易近人，那吃东西的模样一个比一个可亲。好好的一碗王八汤，因为我礼让得太强硬，全被他们给瓜分了。我把眼光放开，对准一盘东坡肉，刚要下筷子，这诱人的肉块就被一位清瘦的女老师端到自己面前独自享用了。

  只好喝酒，我到底是斗不过他们。新娘来敬酒了，她把肥厚的羽绒服脱了，大红色旗袍还算比较适合她，但腹部的赘肉无声而突兀地破坏了整体美感。她的性感路线也终于走到头了，真不知她以后拿什么来勾引男人。

  她给一个年纪挺大的女同事敬酒，

187

那女人借机教育她："小刘啊，以后的路你要走好啊，不要再走歪了。多少次你有机会向党组织靠近，都是你不注意约束自己才让组织放弃你了啊！像我，大半辈子，啊，大半辈子都没有人说过我半句闲话——"

新娘端着酒杯一仰而尽："你到底喝不喝，不喝我敬别人去！"

新郎笑着打圆场："呵呵，真是，小刘喝醉啦！来来来，大家一起喝一杯。"

3

我看不下这场面，小腹坠胀，想去撒尿。有点逃跑的性质，一直往前冲。一撞，撞到了花花。

红色制服，发髻盘在脑后，脑门发亮，一脸的笑容，"先生，你喝多了。"

我问她："厕所呢？厕所——"

她领着我，我跟在后面，看到她优美的小腿迈得煞是迷人，只是一只腿上的丝袜开了线。我不敢确定，就俯下身子看，想探个究竟。

她猛回头："先生，你掉东西了？"

我傻笑着："姑娘，你的丝袜破了，有碍瞻观。"

她不慌不乱："谢谢。"

我说："我给你买去吧，你得换上新的，免得被扣工资，你们的制度严厉着呢！"

她笑起来："还上厕所吗？你？"

我说："买回来再上，我能憋！"

一次英雄救美，博取到她的好感，交换电话号码，期待进一步交往。

在交往的过程中，我们渐入佳境。她冲破重重包围，杀入我女朋友的行列。她再一努力，被确认为我的未婚妻。

我们在她的单身宿舍煮茶鸡蛋吃，你一口我一口，倒也郎情妾意。我向她下了黑手，把她弄上床。她推让几下，也终于妥协。验明正身，她是百分百的处女。我觉得责任重大，答应给她名分。

她问我："你原先只是想玩玩我吧？"

我辩解着："哪里，哪里！"

没想到她笑着说："呵呵，我不介意！"

我说："宝贝啊，咱结婚吧。你嫌我穷吗？"

她摇头："不，我不嫌弃你！咱们结婚吧！"

4

那时候我对她其实了解得很少，只知道她叫花花，在酒店当领班，来自农村。

可是我和花花为什么可以这么简单？爱或者不爱，我们几乎没有问讯过对方。好像她专门在守候着我，而我碰巧遇到她，接着我们做些该做的事情，比如做爱，最后确认无误，携手并肩。

而你和我又为什么是这样复杂？你不止一次说你爱我，我不止一次说我不爱你。来来往往，终究成空。

有些话我不肯跟你说，但我就可以和她说。我把我和英语老师的关系告诉花花，居然像讲笑话那样轻松。

她问我："为什么呢？你为什么要和那样的女人混到一起？"

我说："为了稳当地当英语课代表，为了她关爱我，为了得到同学的羡慕和嫉妒。这个理由可充分？"

她摇着头："亲爱的，你过得太累了。"

我说："如果可能，我会去当某个富婆的小白脸。"

她说："幸好你脸不白，你也遇不到富婆。信不信？如果你敢那样做，我会一刀杀了你。"

我问："我死了，你怎么办？"

她笑着说："亲爱的，找个富翁对我来说并不困难啊！"

如今想来，花花的出现是个意外，绝对不寻常。她也许是循着你的足迹来找我，想看看你爱的男人会是什么样子，想研究这个男人又是为什么不爱你。毕竟，想找一个人，不是很难的事情。

我并没有问过她，也不允许自己去怀疑她。在我们分开的最后一刻，我强忍着种种疑问看她远走。

我没有勇气。我确信她是爱过我的。被你爱上，是折磨；被她爱上，是幸福。折磨却比幸福深刻得多，久远得多。

5

去看电影，和那个叫花花的女人一起。电影拍得很奇丽，一条妖艳的白蛇，一条任性的青蛇，一个叫许仙的书生。它颠覆了原来美丽的白娘子传说，让里面的每个人物都变得不再完满。青蛇爱上许仙，勾引他，他竟然也喜欢上她。花花哭湿了一包纸巾，比里面的两个妖精还要惨。

我们走出电影院，看到很多人流和车流，竟一时不习惯，都呆站着。她问："要是我不敢过马路，害怕，你能背我吗？不是说男人背心爱的女人过马路很英雄吗？"

似曾相识的话语，女人却不同了。

我搂她入怀，怕她就这样淹没在人流和车流里。我说："背你，我要背你。"

她趴在我背上唱着歌，咿咿呀呀的：

半冷半暖秋天云贴在你身边

静静看着流光飞舞

那风中一片片红叶惹得身中一片绵绵

半醉半醒之间在人笑眼千千

就让我像云中飘雪

用冰清轻轻吻人面带出一波一浪的缠绵

留人间多少爱迎浮生千重变

跟有情人做快乐事别问是劫是缘

像柳也似春风伴着你过春天

就让你埋首烟波里

放出心中狂热抱一身春雨绵绵

"什么歌？"我问。

她得意地说："好听吧，《流光飞舞》，这部电影的插曲。小卒，其实这电影我看了三遍了。"

她又说："和你一起看，感觉特别不一样。小卒，我想我是喜欢上你了。"

我问她："真心真意地喜欢？"

她努力点着头，脸庞精美得像个瓷娃娃，看得我意乱情迷。

走到马路中间的时候，我温柔地放下她，然后捧住她小小的头颅，不顾一切地吻了下去。

我喃喃地说："亲爱的花花，我的美娇娘。"

车灯、路灯、行人的目光一齐照过来，一片金碧辉煌。你追求了那么久那么强烈没有得到的，我在瞬间就轻易地给了这个女人，给她我的金碧辉煌。

她推开我，她说，"亲爱的小卒，我的英雄哥。让我喘口气，我们还有一辈子。"

6

你说说看人这一辈子到底有多长，我不太明白。

是一抬头和一低眉就消失的时光吗？而今抬头看不到你，低眉也看不到你，时光已经迷离不堪。

我学会了一个成语——俯仰之间，一切的来去匆匆都可以用这个成语来概括。

身边这个叫花花的女人，收拾着我的房间，要住进来，住进民生巷 47 号。她翻着我的抽屉，我不去阻拦，她就翻出了你的照片。六张，每年你送我一张。前五张都是你的独照，第六张里有了我。

花花镇定自如，对我收藏你的照片没有任何疑问。她就这么细细地欣赏着，不言不语。

我说："一个同学，朋友。"

我又说："你不要多想，我只是忘记扔了，早该扔的。"

她说："为什么要扔？一个令人嫉妒的女人，她风华绝代。这样也好，总比看黄色画册要健康。你看这张你们的合影，你只是个侧面，你都不敢看她，却要去喷水池里看她背面的倒影。她的一个背面投进水里，那倒影就令你如此沉迷。小卒，你敢说你不爱她？"

我去抢那些照片，我要撕了它

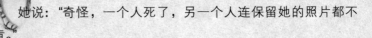

们。

她说:"奇怪,一个人死了,另一个人连保留她的照片都不肯。"

我睁大眼睛:"你——知道?你怎么会知道?"

她说:"我认得她的,你当然不知道我认得她。我曾经把她当成我的目标,想拥有她的所有。结果,她死了,她什么都没了。我呢,反而得到她最想要的男人。"

她顿了顿:"柳斋,这小贱人。你对她又有多少了解呢?你自然不会知道她的羞耻,她家族的羞耻。"

7

椅子翻倒在地，小林生的头被冷硬的水泥地磕破了，他的双手被反绑在椅背上，粗绳勒进了他幼嫩的手腕，他的尿浸湿了裤裆，久未风干。母亲离家之前放了面包和水在桌上，他用嘴去够面包时弄翻了椅子。他哭了，声音很大，没有引来任何的救助。母亲早上出去要深夜才归，那时候他才能解脱，才能平躺在小床上睡觉。

"父亲"对小林生来说，只是个陌生的名词。

母亲常常给父亲打电话，接电话的都不是他。

有一次侥幸是他接的，母亲说："你的儿子被我绑着，你一天不回来看我们，我就一天不松绑。"

小林生对着话筒哭啊哭："爸爸，我很痛，快回家啊。"

父亲挂了电话，始终没有和小林生说话。

母亲抚摸着他的后脑勺，问他："想要爸爸吗？"

他说："不知道，我想回幼儿园。"

母亲说："等你爸爸回来，你就可以回幼儿园了。你再忍耐几天，你爸爸会因为心疼你而回来的。"

他努力点点头，他6岁的时候就学会了忍耐。

他头上的伤口渗出血来，又在裤裆上尿了一把。肚子很饿，口很渴，手腕生疼。他不再哭了，喉咙已经干得发不出声音。他的双手使劲在椅背上挣扎，要摆脱这粗绳的束缚。手腕愈加疼了，每动一下都刺骨得疼。

他强忍着，从早上磨到中午，从中午磨到黄昏。中间停歇了凡人，他终于解脱。那双手腕，血肉模糊，血水染红了粗绳和他轻薄的衬衣。而衬衣的袖子，早已经支离破碎。

他顾不上这些，吃了面包，喝了水，还往口袋里塞了把饼干。他想出去，去幼儿园。他开门，门不动弹，他用身体去撞，门还是不动弹。他不知道门被母亲反锁了。接近绝望的他看到窗户是开着的，他从窗户上跳了下去。

四楼，他就这样跳下去，他没有想过会死，他不想死，可是他死了。

8

花花问我："你可有勇气听我说完这故事？"

我说："那小男孩子不是死了吗？死了，还有什么可讲。"

她摆弄着你的照片，来："咱们来说那些还活着的人，他的妈妈，一个疯女人；他的爸爸，一个最差劲的男人。男人为了仕途坦荡，抛妻弃子，择了高枝，去娶他的女上司。那女上司家族显赫，有背景，答应会让他步步高升。他的妻子因为破碎的家庭而精神分裂，虐待儿子，以求得丈夫回心转意。他当然没有回头。儿子死了，他回来看过一眼。她拖着他的腿，他甩，甩不开就用牛皮鞋去踢她的头。每踢一下都是恨，恨她拖他后退，不让他去追寻高官厚禄。他走得那样快，简直是在逃，逃进一辆黑色轿车。车里他的新妻子在等他，他伸手去摸她微微隆起的肚子。他的弃妇在墙角抚摩自己的肚子，那里同样也是微微隆起。两个新的生命，一个是柳斋，一个是我；她生在高干病房，我生在精神病院；她是在宠爱里大长的，我是在鄙视里长大的。她得不到你，我得到了你。"

我的手颤抖着，去抢夺你的照片，把它们撕成碎片。你的眉眼，你的口鼻，你的手脚，全部被毁灭了，毁灭在我手里。

我把碎片捧在手里，沿着她的头摔过去，我问："花花，你想怎么样？"

她温柔地把我的手握住："我们要长长久久，要永不分离。高贵的她你不敢要，我这个下贱的女人你应该要珍惜。我们一样下贱，小卒。我们应该不会嫌弃彼此，把日子过下去，对吗？把她

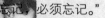

忘记，必须忘记。"

我的眼泪流了出来，滚烫的，无法自控。

柳斋，我分不清我的泪水是为你流还是为花花而流。可是，请你相信，那些汩汩流动的液体里，涌动着一股对你的想念。

我从没有这样想过你，从没有这样难过，甚至在你死的时候。生离死别我不怕，我怕的是活着，怕的是我始终逃不过你的控制。

我是个自私的男人，我早说过。

她早你几天出生，被一对无法生育的农村夫妇抱回家。读完初中，只身到了柳城。从各种小工做起，做到了一家酒店的领班。守身如玉，守到我来打开她的身体。

她没有恨过她爸爸，没有恨过你，没有恨过你的妈妈，她不曾恨谁。她的时间用来奋斗、努力，试图颠覆她的命运。她想超过你，想拥有你的一切，仅此而已。

柳斋，你应当保佑她。这个和我们都不一样的女人，她自有一片碧海青天来包容和躲藏，来生存和挣扎。

你的姐姐，我的未婚妻，我们一起来爱她，行不行？

随波逐流

1

4月1日，好日子，骗人和受骗，成为理所当然。我们相处6年，6年里的每个愚人节你都要骗我。

"小卒，我不打算再爱你了。"第一年，你说。

"小卒，我怀孕了，孩子找不到人来认爹，你当孩子的后爹好了。"第二年，你说。

"小卒，我要离家出走了，你代我照顾我的狗，好吗?"第三年，你说。

"小卒，我终于找到个好男人了呢! 决定嫁他去了。"第四年，你说。

"小卒，我恨你，要杀了你!"第五年，你说。

"小卒，我还是要杀你。"第六年，你说。

此后，再无人骗过我。他们说: "郑小卒是最无趣的人，逗他不如我们挠自己痒痒。"

2

然后，在 2005 年的愚人节，有个女人对我说："喂，我要嫁人了。"

我笑，我说："我可没有钱娶你。"

她说："对不起，我要嫁的不是你。"

我揪着她头发："不要说蠢话，我们中国人不过那狗屁的洋节！"

她早预备好的请柬已经递过来，蓄谋已久，语气平和："日子定在五一，举国同庆！我的好日子啊，郑先生一定来赏光？说好了啊！"

花花——

花花——

我呼唤着她。

她倚在门边，她说："小卒，你何曾爱过我？你连自己都不爱，你能爱别人吗？"

我说："不，我爱过。"

她说："那个幸运的女人一定不是我。"

我说："那个不幸的女人一定不是你。"

她说："的确不幸，你是惟一可以让她不死的人，你从不

挽留。"

我挥着手："你走吧。"

她笑声居然那样爽朗："小卒，呵呵，呵呵，再见！"

她的高跟鞋在民生巷的青石板铺就且长满苔藓的路上敲打，滴答滴答，像是一只失声的挂钟。一下，一下，从我生活里抽离出去。声音远了，便只感觉到巷子里鸡和狗打架的动静，孩子们的笑声和哭声，洗麻将牌的声响，还有，我妈的一声叹息。

3

谁吹着口琴，哩哩啦啦，不成曲调。

我开门去骂："不要吹了，要死人啊！"

一个干瘦的女孩子探出头，抱歉地笑着："叔叔，对不起。"

柳斋，都有人叫我"叔叔"了。我摸着自己下巴的胡茬，苦笑起来。

我妈问我："怎么？媳妇跑了？"

我点着头："跑了！"

她摆着手："去追，去追！"

我摊开请柬："妈，你代我去喝喜酒好了。"

她跪坐在地上拍着自己的脸："丢死了，丢死了！"

我在她身边跪下去，抱她的头，拿她的手，不准她再拍。她依偎在我怀里，哭出了声音。

民生巷47号只剩下我们母子了。

白天我换上白衬衣和西装裤，把皮鞋擦亮，冒充着白领，混迹于成千上万的跑广告的业务员队伍里。学会了怎么打电话，怎么笑，怎么说，怎么让别人高兴，怎么让别人掏钱。终于奉承他人也成了我的长项。

4

我答应花花年底娶她，只要等到我做成一笔能拿 3000 块提成的业务，我们就举行简单的婚礼。先不买房子，在民生巷安心住着。我说要把她的养父母接到柳城，孝顺他们像孝顺我妈，绝对不偏心。我们存折上有 10 万块钱的时候，就要个孩子。总有一天，我们也能搬出民生巷。

花花很高兴，拉我陪她去试婚纱，一定要大红色的。红色，你也喜欢的颜色，你们姐妹两个总算还有相似的喜好。

我忘记了她还有个亲生母亲。她去那个精神病院打听消息，他们说她母亲的病早就好了，已经出院了，但不知去向。她不肯相信，到处去找，在一个毛巾厂找到她的亲妈。

她的亲妈，双手浸在绿染缸里，抬头看她，认了很久。

后来，她问花花："怎么，你怎么这样看着我？姑娘，你怎么了？"

花花上去叫她："妈妈。"

她愣着，头一歪，摔进染缸里。醒过来的时候，她又疯了。她无依靠很多年，凭空来一个女儿，就像当年凭空失去了你一样。

治病要钱，一盒进口脑蛋白要四五百，一次全面检查要四五百，花花把自己的全部积蓄用上了，不肯要我一分钱。

她说她连累了我，她决定去连累别的男人。于是，她嫁给别人。

5

柳斋，我娶不了你的姐姐，当不成你的姐夫，虽然我想要她。我对自己说过，代替你和你的父母来补偿她，来疼惜她。而我的力量到底是小，你知道的，我总是

逐流，逆来顺受。

我还跑去喝喜酒，还跑去和她的新郎握手。隔着酒席和她对望，她的大红色婚纱很难看，她很难看。

她的养父母和她的亲妈坐在一起，养母给亲妈擦口水，一遍遍很耐心地擦拭。花花去敬他们酒，亲妈拿起一个碗就往她头上砸。她一面捂头，一面安慰亲妈，新郎拉开她捂在头上的手掌，鲜红的血冒出来，吓坏了他。

他抱着花花就往医院跑，那亲妈一个劲叫着："死，死，死！"死。

柳斋，你能体会这个字的含义吗？不，你不能。

死得其所

1

都说 2005 年是寡妇年。结婚的男人要死于非命，他们的妻子要当寡妇。

在这样的危言耸听下，我三姐还是当了新娘。怎么办，她也不知道怎么办。再不嫁，就嫁不出去了。好不容易碰上个肯娶她的男人，她非要嫁。婚礼的规模办得还那么大，要让她的婊子生涯以从良的方式结束，请束发给她的婊子同行，还请了许多光顾过她的嫖客。她要出口气，这口气憋了太久。当寡妇又怎么样，总比当婊子要含蓄点。

她和新郎站在酒店门口欢迎前来赴宴的宾客，她的白色婚纱包裹得她密不透风，连手上都戴着白缎手套，不肯裸露一点皮肤。她这些年露得太多了，能露的全露光，偏要在婚礼上假扮一回清纯和保守。新郎的黑色西服很高档，在美容店把脸上沉积已久的油腻洗了，做了面膜，再不像那个餐馆小厨子了。

不知他们是怎么搞上的。要么就是他去嫖她，嫖出了真感情。一天我回家，看到满满一桌的鱼肉菜蔬，做得要多香就有多香。等我们吃的差不多了，从小厨房里钻出个小男人，小，是矮小的小，年纪却是不小的，他端一碗鲫鱼汤，笑得不太自在。

三姐说："来，小弟，见过你姐夫。"

我说："不错，有内涵。"

我是听过《卖油郎独占花魁》的故事的，一个出名的婊子看上个挑油卖的小子。一个脂粉味十足，一个油腻腻。名婊子靠卖油郎从了良，还留个不贪权贵的好名声。说实话，她贪权贵，人

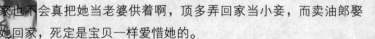

家也不会真把她当老婆供着啊，顶多弄回家当小妾，而卖油郎娶她回家，死定是宝贝一样爱惜她的。

她看上的是他的卑微，和她的下贱刚刚吻合。

卖油郎抱得佳人归，又得到佳人当婊子时候挣得的银子，白花花的老婆的嫩肉和白花花的老婆的银子，都足以让他谢天谢地。

三姐不是花魁，是个下等的野妓女。三姐夫是餐馆炒菜的，那卖油郎还是个做小本买卖的个体户，自己给自己当老板，我那三姐夫却是个打工的，看别人脸色吃饭。

他们到底是结婚了，真是感激老天的垂怜。算来他们都是服务业的一员，食欲和性欲本就是分不了家的。天作之合。

"天作之合"。是二哥写的横批，贴在我们家门口，很久都没有人去撕。大门左右的 "喜鹊喜期传喜讯，新燕新春闹新房" 倒是几天后就被风刮跑了，没有横批贴得牢靠。

2

婚礼上来了很多形形色色的婊子，那时候花花还没有离开我，我搂着她在酒席上坐定，对她们评头论足。她艳羡的目光游离在婊子们的衣服和鞋子上，她说她自己简直上不了台面。

她刚打完一次胎，乳房肿胀得很，索性不戴乳罩，任它们自生自灭。有时候她要我去吸那流出来的乳汁，我不肯。

她就说："本来是你儿子吸的，你不是不要他吗？现在你得代替他来吸，这是你们爷儿俩的责任。懂吗？责任？责任感？"

三姐喝得烂醉，拽着婚纱跑了好几趟厕所。三姐夫的小脸通红，还泛着亮光，说话也语无伦次。看得出来，他们都高兴，喝得高兴，醉得也高兴。

你猜，我见到了谁？人妖啊。那畜生也来喝喜酒了。明显她是老了，头发都留到披肩了，网吧早不开了，居然也嫁了男人。她只字不提你，但我们之间除了你真的没有别的话题，于是我们相互笑几下，各自喝各自的酒，吃自己的菜。

曲终人散之时，人妖和我握了握手，她夸花花漂亮，问我何时结婚。

我说："穷，没钱。"

她摇着头，想说什么，又摇着头。她望了望酒店的大壁画，踩着高跟鞋离开。那壁画上是一大片的柳树林，绿得不可开交，枝枝蔓蔓分也分不开。

我说："花花，我的心肝，我想到那壁画下撒泡尿。"

花花一皮包砸过来，毫不留情。

你不能够相信，我们都活得很好。我自己也不能够相信，我们都活得很好。

在你离开的第三年，你仅仅离开三年，你看，我们都把你遗忘了。

遗忘刚开始的时候是刻意的，告诫自己要遗忘你，还有那段有你参与的年少往事。慢慢，遗忘成了自然而然的事情，不再需要提醒。

把回忆放进回收站，把回收站清空。残存的记忆被现实的浪头冲刷着，那沙丘终会崩塌。

谁真的能时刻想念谁呢？吃饭时想念，撒尿时想念，拉屎时想念，睡觉前想念，睡梦里想念，梦醒后想念；和一个人说情话时想另一个人，和一个人做爱时想另一个人。这样的想念难度太大，没有谁能做到。

记忆是虚空的，和爱情同质。

我不敢说"我想你"，更不敢说"我爱你"，只在非说不可的时候张口，比如很想把哪个女人哄上床了，比如我寂寞了。

是的，我会寂寞的。女人的呻吟，激情的缠绵，淋漓的倾泻，瞬间的快意，它们是排解寂寞最好的武器。

人生太长了，要我怎么来打发？

4

他们给自己规定了人生目标，30 岁之前有房有车，之后有妻有子。多年后，世界上又多了一批庸碌的男人，各自开着私家车，各自解决着妻子和情妇的问题，各自教育子女，各自补肾壮阳，各自年老。

都想和父辈们过得不同，这路走到头，风景却亘古不变。

我有房子，民生巷的五间平房我总能占有一两间；我有车子，路途近的话，我骑自行车，远的话，我挤公交车，手头宽点时，我能打个的士；我有妻子，和我睡觉的女人都求我叫她们"老婆"，我们肌肤相亲，颠鸾倒凤；我有儿子，他们以血块血水的状态被扼杀在医院里。

我离 30 岁远着呢，可是我什么都有。除了钱，我什么都有。

他们笑我穷开心，穷疯了。

我请他们喝酒，我最穷，还要做东。找不出什么理由来请客，就说想喝酒。

柳斋，他们谁都不记得那天是你的生日。

记得女人的三围比记得女人的生日要实用、实惠。

满地的啤酒瓶和烟头，我们开始胡言乱语。有个家伙发誓这辈子要睡足 365 个处女，以求得道成仙。

我问他："要是凑不够数，你大

215

约连你亲生女儿都不放过吧?"

他说:"怎么也得先考虑你们的女儿啊,我老婆说不准生的是儿子。"

有好几人拍着桌子:"那你老婆千万要生儿子,不然我们能轮奸了你女儿!"

这帮狐朋狗友,我相识多年了。物以类聚,一个比一个人渣。他们也都是你的朋友,不排除有好几个和你上过床。

柳斋,他们都忘了你了!我们都要忘了你了!

我提醒着:"那个贱货,柳斋——"

他们的脸先木了木,随即有点不悦,然后暗淡下去。

我重复着:"柳斋,死了的那个。呵呵,今天是她生日,22岁了!"

你已经是不需要生日的鬼啦,生日是给活着的人盘点年龄的。你有忌日,很公平。

他们说:"你倒是记得她的生日,难道你也喜欢过她?"

我后悔不该提你,我肯定是醉了。

5

我经常去医院，在我爸住院期间。他是肝癌晚期，喝劣质酒喝的。他没病的时候，几个孩子都不放他在眼里，当他还是那个固执的残疾老头子。他一病，孩子们忽然意识到，老头子是真的老得差不多了，他身上的零件都老化了，连神态都安详了。大家凑钱给他看病，没有表现出作为癌症病人家属的那种无奈，我妈也很坦然。

兄弟姐妹们坐下来了，围着张方桌，大哥拿着计算器按得直响，计算这个星期的医药费四人该怎么平摊。他是老大，他提出要多付一些。那当老二的也不肯落后，老三紧随其上，就只有当老小的我，我没有本事赶他们的趟，我不做声。

他们说："让老头子多活几天吧。"

那家医院，你妈以前当院长那一家，没有什么变化。我在病房里守着我爸，他吵嚷着要喝酒，说不喝就没得喝了。他说治病要花那么多钱，钱大可用来买几瓶茅台给他过个瘾，他要回家去。护士小姐笑他风趣幽默，他也笑起来。

他生病之后反而开朗健谈了，还能和病友们说说自己的经历，"拖拉机"就常常被他挂在嘴边，他到了这个时候，最恨的还是拖拉机。甚至他把自己的被子掀开，露出那半截左腿给病友们看，换来声声怜惜，他自己

倒是连说"习惯"了、"无所谓"之类的话，人家又赞他"身残志不残"，他又笑。

他死在清明节的前一天，出殡那天刚好就是这个"路上行人欲断魂"的日子。就在前几天，大哥和二哥还在争执，抢着要卖个肾给老头子治病。

我说："要么三兄弟都卖好了，说不定还能'感动中国'。"

还没找到买家呢，他就死了。

我们没有断魂的感觉，跪到断腿，还要睁着肿胀的泪眼给人家作答谢礼。一个花圈没有扎结实，散落了满地的菊花。菊花，这样的节日里，我是应该给你送一束的。

6

柳斋，柳斋，你喜欢菊花吗？你配得上它的高洁吗？

你今年 22 岁了。

十几岁的时候你常称那些 20 出头的女人为"老女人"。我说你也会老的，除非你死在 20 岁之前。

我不是咒你，你却那么争气被我咒到，真就活不过 20 岁。

你说有很多女人老了就是完结篇了，而你老了才刚写成个开篇，你的故事很长很精彩。

这个故事你没有把它写完，换我来给你续写。

我很想好好写你，把你美化成女神，圣母玛利亚那样的女神，她永远是处女，她不食人间烟火，不排泄屎尿。我要写你的眼神，写你仰头看我或者你低头沉思的样子，千娇百媚。写你的五官，写你的身体，把你塑造得倾国倾城。

是的，我要来歌颂你。

可柳斋，我欺骗别人容易，我却欺骗不了自己。我唾弃了你这么多年，我习惯了。

柳斋，我一直在等待些什么，我形容不出那是些什么。可是你能懂得。也许是一种对命运的自主，我们都不想身不由己下去，是不是？

死，就是你的自主。你控制不了局面，惟一能控制的是自己的呼吸。那么决绝，从 15 楼跃下去，追求粉身碎骨的结局。你比我坚强。谁说自杀的人是懦弱的，自杀者是强悍地在维护最终的尊严和体面。

你死得好！

7

这一年，我以为我可以娶到花花，在她向我说出她的身世以及她和你的关系后，我更觉得应该娶她。无关爱情，却是为抚平内心里深藏着的对你的歉疚。这一年，我所有的希望成了泡影，我始终都是民生巷的一条孤单野狗。失去花花后，我提起了笔，对着张白纸却无从下手。

可是我明白，我有话要说，是些只能对你说的话。

我在白纸上写下的第一个词语是"俯仰之间"，仓促而来仓促而去的时光终于一发不可收拾地倾诉在了白纸上。

我竟然也能静下心来写点什么了。我对自己说："这是写给柳斋的，只写给柳斋的。"

胭脂非福

1

写到这里的时候，我开始呕吐。没有理由，我肠胃向来很好。稿纸乱摊在桌子上，笔用坏了五六根，烟头扔了一地。半碗没有吃完的面条，咬了一口的荷包蛋。胃痉挛着，额头上冒着冷汗。

二哥来家里看我妈，翻阅了我的文字。我妈说他流了泪水，一行行的，模糊了他的眼镜片。但他什么都不说。第二天，他给我搬来一台旧电脑。

我终于不再手写。

我妈说我坐在电脑面前的样子，让她想到多年以前的二哥。

她说："完了，真的完了。"

电脑经常隔一个或半个小时就死机，我打一行字就保存一次，怕丢失我的文字。没有多余的钱去装宽带，电脑的功用只有打字。字，一个个的，从我心底跑出来，借着双手的敲打，落在显示屏上。

我是不善言辞的人，表达能力也很糟糕。可是你的故事，我要把它写完。说不明白写下来的目的，也许是害怕忘记。拼命要忘记你，拼命又要记得你。柳斋，我的悲哀就在这里。

已经包藏不住对你的想念了，在失去花花之后。我一手摧毁你对爱情的幻想，她一手摧毁我对婚姻的幻想。她是你的影子。

夏天来了，2005年的夏天。动荡的半年过去，三姐嫁了，我爸死了，花花也嫁了。再过些日子，便是你的忌日。不知怎的，我竟然真的有尘埃落定的感觉。

去跑广告，拜访的客户是已经开了服装城的人妖，她的老公粗犷得很，几口就吸完一根烟。人妖给我面子，和我签定了协议。我松口气，和他们说再见。

人妖跑来追我，那样消瘦的女人，仿佛是飘着的魂魄。我站定，她喘着气，一头撞到我怀里。我自是吓了一跳，她匆忙地躲开，连声道歉，她的脸居然红了。

我笑着："我说，很好，妖姐终于像女人啦！"

她不自然地笑着，声音压得细细的："有包东西，你要吗？是——是柳斋的东西。我留着已经多余，你——收了它！"

我说："扔了，扔了，扔了吧。"

她转身说："好，扔了。"

她又说："知道吗？柳斋死之前给我打过电话，嘱托我为她做点事情。而我，你看，死痞子，我做不到。你这个死痞子！"

2

你跟踪我，在一个小吃店门口朝我笑。

我冲你摆手："走，走。"你不，你偏不。你走进来，要了瓶啤酒在自饮自斟。这是我混熟了的一家小吃店，常带着朋友一起来，让他们买单，顺便蹭他们的烟抽。

你就这样穿着一件吊带衫，一条牛仔短裤，踏着双长筒靴冲进来。你明明已经看到了我，还左顾右盼，轻佻地像是来找客源的婊子。他们吹了口哨，眼神在你身上扫来扫去，你抛了媚眼来鼓励他们。他们笑话我，说我艳福不浅。然后招呼你一起喝酒。

你晃着酒瓶，像一个最职业的舞女，妖娆万端地移着脚步。只是背景是在简陋的小吃店，这里的男人要么平庸，要么下作。很显然，我和我的朋友们属于后者。

紧挨着我，你不要脸皮地坐下来。你说："今天老娘请客。"

你对着啤酒瓶口，大大地灌了几口酒。他们给你掌声，说你女中豪杰，巾帼英雄，不让须眉。然后他们开始拼命要东西吃，你迅速和他们打成一片。

你骄傲地看着我，我说："不错啊，你终于深入敌人内部了。"

那个晚上，除了我，你们都喝醉了。个个醉言醉语，东倒西歪，在小吃店闹事，和隔壁桌的几个混混打架。你脱了靴子去砸他们的脑袋，把袜子扔到我脸上，你要我先替你保管着。

这个时候过来一帮人，为首的那个女人揪住你的头发，呵斥着："闹什么闹，哪里来的骚货？"

你直勾勾看着她，她渐渐手软，揪头发变成摸头发，她温柔万般地说："小骚货，你真是个漂亮的好孩子。"

她就是人妖。

225 ▶

3

人妖早没有了以前呼风唤雨的本事，成了一个很平常的妇人。

她和我约在这家小吃店，把你留下的东西交给我。

我们一起想着你生前的种种，她说："物是人非啊。"

我没有听清楚，她再说："这个店和我们初次见面那天几乎一样，而我们——"

她不愿意说下去了，喝着一杯白开水。她不喝酒，怕老公骂；不喝饮料，怕发胖。

她把一个手袋放到我面前，我认得出来，隔了几年，我仍然认得出来那是你喜爱的一只手袋，手工刺绣，绣满凤凰的一只黄色手袋。你穿着那件月白色旗袍的时候，就拎着这手袋，你说那叫复古风格。我戏谑你穿的像个女鬼，简直是"做古"风格。

而今，你真的做古了。

我打开它，心里发慌。毕竟这是你的遗物，我也无法断定你会留下些什么。把手伸进去，先摸出一个桃木盒子，里面装着胭脂；再拿出一个手掌大小的红色玩偶，是被你叫成"小抛"的天线宝宝。再无他物，这些东西居然是你最留恋的，最想交给我的。

不知道你死前为什么不来找我，然后把它们亲自拿给我。也许你觉得那样做有点唐突，也许你看到了我就没有勇气去死了。

我拎着手袋，和人妖告别，我说："谢谢你。"

她说："走吧，痞子。走，离开柳城，去你想去的地方。"

我耸着肩膀，表示没有地方可去。

她皱着眉头说："柳城外面总还有别的天地，那么大的世界，你一个男人，怎么会无处可去？"

4

我的右手臂上有一道伤口，6厘米左右，呈淡红色。我尽量不穿短袖的衣服，可洗澡的时候自己仍然可以清晰的看到它。每个人多少都有些伤口，在身上，在心里，有的无法愈合，有的愈合了却又裂开，有的留下疤痕不会退却。

年少的我顽劣而乖戾，好强，好斗，要自尊，要面子。出生低微已经是我的疼痛，所以我不愿意和身份高贵的人来往。你出现了，我知道你出生在柳城的高干家庭，娇生惯养，衣来伸手，饭来张口。你看不起别人，自以为是，爱慕虚荣，心高气傲。别人来笼络你，我偏不；别人羡慕你，我偏不；别人喜欢你，我偏不。我在躲避，把自己放进一个盒子里，拒绝和你接触。

而你，最见不得别人不理会你，你非要跨越一切来讨好我。后来，你爱上了我。你想尽办法博取我的爱，哪怕是我疏远你，辱骂你，打击你，你都努力往我的方向走来。直到你死，我始终都没有说过一句或者半句隐含着我喜欢你的话语。

我喜欢你吗？这也许是不需要回答的问题。

我心口有一道埋藏了许多年的伤痕，我明白的。手臂上那道淡红色的伤口总能唤醒我心里的这道伤口，它们让我疼痛不已。

那是我们高三最紧张的一段日子，离高考不过一个月了。我迷茫到看不清楚前面的路，你也一样。教室里忙碌的同学们，他们中有哪一个对未来有把握呢？大家用尽力气去挤那座独木桥，非要拼个你死我活。过了桥呢，真的过了桥又能如何呢？

我的脾气一天天暴躁，到处找茬，好像有股怨气缠绕着我，让我难以自控。就在这样的时候，我第一次真正打了你，而且打疼了你。

打你的原因只是你缠着我，要我给你写毕业留言。你拉着我的衣服，把留言本往我面前推。

我大吼着："够了没有，你这个婊子！"

你完全不在乎我对你的辱骂，还是满脸堆笑地凑过来。我抄起你厚厚的留言本，使劲地砸到你的后脑勺上。我的力气那样大，你捂着后脑勺一步步后退着，强忍着疼痛蹲到地上捡起那留言本，你抬头微笑，你说："小卒，给我留几个字吧。小卒，我们做了6年的同学，不是朋友的话，我们还是同学啊！"

我俯下身体，慢慢扶起你，你泪眼迷离，还是努力在笑。我说："你是何苦？柳斋，你这是何苦？你知道的，我不过是个烂透了的痞子。而且，我讨厌你到了极点。你害了我6年，你要我在你的本子上留些什么呢？我写上两个字，就写两个。"

你点着头，你说："就写两个吧，总比什么都不写好！"然后你的身子往前倾了倾，摇晃不止。

我挥笔在留言本上写下了"再见"两个字，潦草到无法辨认。

你看了一眼，终于倾斜着身子倒在地上。我晃着你的身体，同学们喊着你的名字，你强睁眼睛注视着我，一动也不动。我摸到你后脑勺上肿胀了一大块，我的鼻子一酸，流下眼泪。我腾出手去擦眼泪的时候，忽然感到手臂上一阵撕裂的疼痛。你握着水果刀把，那刀尖插入我的手臂。

我握着你拿刀的手，我说："贱货，插得不够深，我来帮你！"我按着你的手，把刀把往我的肉里推，你死死不肯动，我却要你再刺得深一些。血流到地上，点点滴滴，接着是一股股地往外流。

我咬牙切齿地说："我欠你的都在这刀里面了，你尽管刺！"

你张大嘴巴要说什么，但你嘴里喷出了血水，直喷到我的脸上。

我横抱着你，像你失去处子之身那天一样，拼命往医院跑。刀还在我手臂上插着，我满身满脸的血，你的血我的血，红得像你唇边的那颗痣。学校里所有人跑出来看，我的身后也跟了很多人。他们要我先放下你，我不肯，我就这么抱着你，一直一直地跑。几个老师上来强摁住我，把我和你弄上一辆车子。

在车上，昏迷中的你醒来一次。你看了看我，微弱地说："死痞子，还是没有忍心杀了你，你那么该死！"

我抓住你的手，一遍遍喊着："柳斋！柳斋！……"

你又合上了眼。

你的家人赶过来，你爸爸冲到我面前，不由分说地扇了我一耳光。你穿白大褂的、当院长的妈妈跑来拉他。他们撕扯在一起，几个护士把我弄进一间病房。刀被拔下来，我撕心裂肺的疼痛却不是因为这把刀。

他们阻止我去看你，但他们再没找我麻烦。

后来我才知道，你那时候已经得了肺囊肿，烟抽得太多了，总是吐血。难怪他们说你生病了，原来你真的病了。

高考那几天，我们才得以见面，彼此都不说话，你沉默得让我难过。最后一门功课考完，你过来要和我合影留念。你走在我前面，腰肢细得像柳条，随时可以被折断。我们来到学校的喷水池，班长给我们拍下了我们认识6年惟一的一张合影。

我不敢正视镜头，只在池子里看你的倒影，你背面的倒影。

想不到，那居然是我们最后的合影。最后的，此生不再的合影。

"再见"的意思原来是"再不见"。

5

乱条犹未变初黄，倚得东风势更狂。解得飞花蒙日月，不知天地有清霜。

碧玉妆成一树高，万条垂下绿丝绦。不知细叶谁裁出，二月春风似剪刀。

大将筹边尚未还，湖湘子弟满天山。新栽杨柳三千里，引得春风度玉关。

这些诗句渐渐被柳城人所遗忘，人们的记性总是太差。怀念柳树显得多余，连怀念亲人和爱人都是吝啬的。

飘飞纷扬的柳絮，缠绵而又轻柔地招摇着，漫天轻舞；那种枝叶烂漫，泄露春色的景致终于不再。

这是个华丽而糜烂的城市，并将越来越华丽，越来越糜烂。其实很久以前，这里真的有大片大片的柳树林，毁灭它们的是生活在这里的人。城市无限地延伸，郊区变成市区，农村又变成郊区。

我不知道这里还有什么值得留恋，我是应该走了。

人妖说的对。

6

你的手袋、胭脂和那个叫"小抛"的红色玩偶。

你的身体、容颜和那些将零落的飘摇往事。

你们一起被我搂在怀里。

黑暗里，我只看到自己烟头的红光，只闻到从那个桃木胭脂盒里散发出的淡淡幽香。我问过自己为什么不能爱你，事实上我一直在问。从遇到你那天，你的短头发在空气里轻轻掠过开始，我就明白我们是无法交集的两条平行线。我们是不一样的孩子，柳斋，而我们又是多么相似的孩子啊。

我的窗户外面是肮脏的民生巷，走出巷子能看到华灯初上的城市繁华。而那繁华离民生巷到底是遥远的，不可企及的。它把我禁锢在最底层的卑贱里，而我始终不肯抛弃自己身上笨重的蜗牛壳。步步艰辛，失去，再失去，已经不习惯得到了。

我知道有首歌，歌词里说道：再也不能这样活。我知道，我知道我再也不能这样活，但是我应该怎么活呢？像你一样拼命去追求吗？像你一样决绝吗？柳斋，我可能做不到。惟一可以向你保证的是，我也要走了，离开这里。我不会死的，我是只九命猫，我的命很下贱，可生命力很强。我没有想过死，死多么愚蠢。

柳斋，你多么愚蠢。

我知道的是，若我众叛亲离，只有你还笼络我，你巴不得我众叛亲离；而你不知道的

是，若你千夫所指，只有我还袒护你，我见不得你千夫所指。到了头，知道和不知道已经没有区别。

小抛，红色的身子，黑生生的眼睛。它一直微笑，从它遇到你那天起，它的笑容就没有改变过。它在玩具摊上被你看中，装进你的手袋，随着你的死亡它沉睡三年，然后它被塞进我的旅行袋。

我不会让它沉睡了。

后 记

选择在春天动笔，那时，我身处长江之滨。草长莺飞，雨丝风片；闲散的人群、轻软的方言，熙熙攘攘里另有一份安静。如果说写作一定要天时地利人合的话，那么，我已经嗅到了灵感的味道。

写下了一段不美满的爱情，枝蔓分离，并在破碎的爱情里观望同样残忍的亲情；写的是少年和少女的故事，同时用文字追溯到他们的长辈。故事其实是写生存，而爱情，在生存的重压下残喘挣扎。

有位朋友说，这是吓人的小说。至少他不肯相信这出自我的笔下，他以为我就应该是写情色男女的。我写情色男女时他便足够地惊讶，突然写起青春的残酷来，他更加无法接受。他说我是那种表情柔和的女子，这文字和长相他组装不起来。

一个女人说，她看这小说看得要吐，要恶心，因为过于阴暗，没有温暖。

还有人说，"离子，你找个坟墓，迅速把自己给埋了吧。"

不够温暖的东西我也不喜欢。尝试过写温暖的文字，结局美满，皆大欢喜。而我无从下手，我对幸福把握得不好。

有很多人来不及说再见就远去了，漫漫长路，好像留下我独自行走。因为孤独，开始喜欢自己和自己对话。当只剩下夜的黑时，寂寞精密地布置在我周围。总觉得我要为自己找一个出口，可是一切徒劳。看着水杯里漂浮的茶叶没有头绪地进行生命最后的舞蹈，我会轻轻地叹一口气。

许多年过去，许多人和事改变了。

见过太多生离死别，开始麻木。

其实我对所有的离别真的都已经麻木，我开始喜欢独自离开，或者我能够接受任何人从我的生命里抽离出来。我的幽怨没有底限，变成对生活的坦然。放纵思绪，我用文字表达，毫无保留。

故事里的少女选择了跳楼自杀，少年说："你死得好！"这样四个字足以把他的感情集中起来。若人世间没有了希望，他甚至觉得死会是她惟一的解脱，他尊重她的决定。他给不了她想要的爱，他从不怀有"爱"。爱对他来说，相当奢侈。

爱本身就是奢侈的。年少的爱则注定要遗失。

那个时候，我们吃三块钱一份的快餐都要笑出声音。在拥挤的快餐店里，他越过形形色色的人，捧着两碗白米饭走过来。饭的质量很差，数量很足。米汤倒也浓稠，饭后饱饱喝上一大碗。听到他打的饱嗝，我有满足感。

我们很穷，一对穷学生。无法自主和独立，说的就是金钱。没有足够的钱买想要的东西，所以发誓努力念书，上大学，工作，结婚，生孩子，得到一生的衣食无忧。

没有什么比这更伟大的志向，觉得我们自己已经够伟大。爱情伟大，爱情里的他和我都不寻常。

他给我买一块钱一杯的瘦肉丸，还有五毛钱一串的烧烤，一个玳瑁发夹和一件红色的小棉袄。我许诺要为他织一条围巾，为他绣一个枕套，这样的诺言我却没能给他兑现。

但我确信我们是快乐的，忧伤也是做做样子。"少年不识愁滋味"，我们哪里会读得懂真正的疼痛？

和他分开后的很长时间里，我都在想，我把幸福都挥霍在了他的身上，剩下的日子也许只有不幸了。做事情不去计较后果的人，到了最后，是作茧自缚的哀伤。

年少的相爱，它不被拥戴。很滑稽的是，我跨过"成年"的门槛后，看到各种对中学生早恋的调查，也会在网络上投票，要么支持，要么反对，我居然选的是反对。他们拍到街头接吻的初中生，写实一位早孕的高中女生，如此种种，反复说明着早恋的危害性。我认同，我说："我顶！顶得头破血流我也要去反对。"

谁没有年少过？年少的时候我们手上都有张信用卡，能让我们无限度地透支幸福。便是我的父亲，那个白了双鬓的和蔼老头子，他年少的时候也是唇红齿白、意气风发。去校长室砸学校的公章，骂所有的老师"臭老九"，博得无数女孩的崇拜。可是到了以后，所有的账单就都来了，你才会发现你的时间和感情花在了某个人身上，而那样的时间和感情是一生中最充沛的。那个人走了，你独自拿着账单，零落而感伤。

我们长大着，摔倒、碰撞，把所有傲慢不羁都丢弃，在人群里混迹，进而平庸。上班、工作、挣钱、买房、买车、结婚、生子……谁还能去怀念那段年少的感情呢？

青春爱人来得匆忙，去得也匆忙。在时光的交错和人事的变迁里摇曳着，终于要如一片晚秋的落叶坠地化泥。

写完这个故事的时候，我已经身处北京。一场初夏的暴雨刚刚结束，天气有点凉，那种湿润的感觉让我神清气爽。伸了个娇俏的懒腰，然后关闭电脑，尘埃落定。

我曾经深陷在这个我自己构造的故事里，无法自拔。故事是用一个少年的口吻来写的，是他为一个少女写的祭文，但这祭文我打算用来祭奠我转瞬间便会逝去已久的青春。我害怕我终有天要遗忘我的过去，它也许不够美好，痛苦多于快乐，可我要记得它。

我们这代人，被他们叫做"80后"，说我们是叛逆而不自知的一代，无病呻吟的一代。我们所有的疼痛被他们当成一个笑话，他们说我们"身在福中不知福"。我们要物质，要精神，要快乐，要幸福。而世界所能给予我们的，我们总感到太少太少。自卑、自负、自怜自怜，在旧伤口和新伤口频繁交替的成长里，我们挥霍年华。

我们也许出生在很贫穷的家庭里，在与别人交往的时候小心地隐瞒着身份，怕别人看清自己。我们也许出生在很富足的家庭里，要炫耀和张扬，要处处高人一等。在这个年代，贫穷是令人深恶痛绝的字眼，富贵则人人艳羡。我们身在这样物质当道的世界里，难道是我们的错吗？

没有错，"80后"的孩子们没有错！我们中的很多人已经长大，能勇敢而自主地去面对这个残酷的时代了。

这个故事，写给比我们年长的人来看，让他们看看我们的疼痛也足够分量；这个故事写给比我们年幼的人来看，让他们看看我们的疼痛是他们的前车之鉴；这个故事写给我们自己来看，让我们看看我们的疼痛足以用来抵挡一切的苦难。

这个故事写给我的青春爱人来看。我要你知道，我没有忘记你。这一篇文字，是对我们青春的祭奠。

蒋离子
2005 年 5 月 22 日 夜
（完稿于北京）

236

图书在版编目（CIP）数据

俯仰之间/蒋离子著. —北京：朝华出版社，2005.9

ISBN 7-5054-1338-4

I.俯... II.蒋... III.长篇小说—中国—当代
IV.I247.5

中国版本图书馆 CIP 数据核字(2005)第 091991 号

俯仰之间

作　　者	蒋离子	
策　　划	章　捷	
责任编辑	田　辉　王　磊	
责任印制	赵　岭	
封面设计	钱　前	

出版发行　朝华出版社
地　　址　北京市车公庄西路 35 号　　　邮政编码　100044
电　　话　(010)68433166(总编室)
　　　　　(010)68413840　68433213(发行部)
传　　真　(010)88415258(发行部)
印　　刷　北京铁成印刷厂
经　　销　全国新华书店
开　　本　880×1230 毫米　1/32　　　字　　数　150 千字
印　　张　7.75
版　　次　2005 年 9 月第 1 版　　2005 年 9 月第 1 次印刷
书　　号　ISBN 7-5054-1338-4/G·0718
定　　价　18.80 元